내가 제일 잘 나가는 재벌이다

봉황송 현대판타지 장편소설

내가 제일 잘나가는 재벌이다 12

초판 1쇄 발행 2024년 9월 27일

지은이 ǀ 봉황송
발행인 ǀ 최원영
편집장 ǀ 이호준
편집디자인 ǀ 박민솔
영업 ǀ 김민원 조은걸

펴낸곳 ǀ ㈜ 디앤씨미디어
등록 ǀ 2002년 4월 25일 제20-260호
주소 ǀ 서울시 구로구 디지털로32길 30 코오롱디지털타워빌란트 1301-1308호
전화 ǀ 02-333-2513(대표)
팩시밀리 ǀ 02-333-2514
E-mail ǀ papy_dnc@dncmedia.co.kr
블로그 ǀ blog.naver.com/gnpdl7

ISBN 979-11-364-5588-8 04810
ISBN 979-11-364-4879-8 (SET)

※ 저자와 협의하여 인지는 붙이지 않습니다.
※ 이 책은 ㈜디앤씨미디어(파피루스)가 저작권자와의 계약에 따라 발행한 것으로 본사와 저자의 허락 없이는 어떠한 형태나 수단으로도 내용을 이용할 수 없습니다.

내가 제일 잘 나가는 재벌이다 12

봉황송 현대판타지 장편소설

제1장. 언론 플레이 ······················ 7

제2장. 마그레테 ······················ 45

제3장. 업적 ······················ 69

제4장. 북해 유전 ······················ 95

제5장. 코타사 ······················ 131

제6장. 선물 ······················ 167

제7장. 조향사 ······················ 195

제8장. 얼음공주 ······················ 229

제9장. 헬스장 ······················ 255

제10장. 신규 사업 ······················ 281

언론 플레이

 미국은 여느 선진국과 마찬가지로 LNG 개발에 힘쓰고 있는 국가 중 하나였다.
 일반적으로 사람들은 석유 하면 중동을 가장 먼저 떠올리지만, 1974년 이전까지는 세계 1위 산유국은 미국이었다.
 그러나 석유 최대 소비국인 미국은 자국 내에서 막대한 석유를 생산함에도 불구하고, 원활한 공급을 위해서는 타국에서도 엄청난 양의 석유를 수입해 와야만 했다.
 세계 1위의 산유국임에도 언제 석유가 고갈될지 모른다며 불안감에 떨어야 하는 아이러니한 상황이었던 것이다.
 LNG 운반선의 의미가 미국에겐 특히 남다를 수밖에 없었다.
 "이제부터 차준후는 CIA의 눈에서 벗어날 수 없을 겁

니다."

"잘 생각하셨소. 이번 일로 공산 진영에서도 차준후에 대한 관심을 드러낼 수 있으니, 그의 신변을 잘 살펴봐야 합니다."

조지 보디아가 재차 당부했다. 그는 차준후에 대한 이야기는 몇 번을 반복해 이야기해도 부족하지 않다고 여겼다.

지금쯤이면 중국과 소련이 스카이 포레스트에서 LNG 운반선의 핵심 기술을 확보했다는 소식을 접했을 터였다.

그들이라면 차준후를 납치하려고 들지도 모르는 일이었다.

스카이 포레스트 미국 지사 설립으로 미국에 큰 이익을 안겨다 주고 있으며, 앞으로도 좋은 관계를 이어 나갈 수 있을 차준후이기에 반드시 보호해야 했다.

"두 번의 실수는 없습니다."

CIA 요원이 다부지게 선언했다.

겉모습만 보면 순한 표정의 평범한 중년 사내였지만, 독심을 품자 그에게서 마치 한 자루의 예리한 칼날 같은 기세가 흘러나왔다.

그렇게 주한 미 대사관에서 조지 보디아와 CIA 요원이 차준후에 대해 논의를 나누는 사이, 군용 비행기 한 대가 주한 미군 활주로를 떠났다.

본국에 LNG 운반선에 대한 소식을 전하기 위해 급히 사람을 보낸 것이었다.

* * *

대한민국 종로에 위치한 일본 무역대표부.

대한민국과 일본은 1965년, 한일기본조약이 체결되기 이전까지는 공식적인 수교를 맺지 않은 탓에 주한 대사가 따로 존재하지 않았다.

하지만 그렇다고 한일 무역을 완전히 단절시킬 수는 없었기에 대신 무역대표부가 설치되어 사실상 대사관의 역할을 대신했다.

한국인들의 일본에 대한 감정이 좋지 않았기에 일본은 치안이 좋은 종로에서 무역대표부를 운영하고 있었다. 무역대표부에서 멀지 않은 곳에 종로경찰서가 위치해 있었다.

"LNG 운반선 이야기가 사실인가?"

무역대표부의 책임자인 부장 하시모토 마나부가 앉아 있는 소파 앞 테이블 위에는 천하일보의 석간신문이 놓여 있었다.

무역 업무에 잔뼈가 굵은 하시모토 마나부는 LNG 운반선의 가치와 파급력을 단번에 꿰뚫어 보았다.

언론 플레이 〈11〉

"지금까지 확인된 바에 따르면 신빙성이 상당합니다. 정보원들이 또 다른 정보가 없는지 분주하게 움직이고 있으니 기다려 주십시오."

무역대표부의 하시모토 마나부와 독대하고 있는 인물은 내각정보실 국제부 소속의 사이토라는 인물이었다.

"아니면 대현그룹과 연결되어 있는 비선을 이용해 보는 건 어떻겠습니까?"

일제강점기가 끝이 나고 십여 년이 흘렀음에도 여전히 한국인들의 반일 감정은 여전했다. 고작 십여 년이라는 시간으로는 씻을 수 없는 상처가 한국인들에겐 남아 있었다.

이런 한국에서 살아남기 위해 친일파들은 자신들의 더러운 과거를 감춘 채 중도에 가까운 지일파인 척 행세했고, 일본에게 자금 지원을 받으며 일본을 위해 움직이기도 했다.

그중 몇몇 이들은 대한민국 정부와 여러 기업에 녹아들어 활동하는 중이었다. 대현그룹에도 일본과 긴밀히 연결된 비선들이 심어져 있었다.

매국을 했던 친일파들은 광복 이후에도 조국을 향한 애국심이 조금도 없었다. 그들에겐 오로지 자신의 잇속을 챙기는 것이 최우선이었다.

"비선은 아껴 두세."

하시모토 마나부는 사이토의 제안에 고개를 가로저었다.

"LNG 운반선의 핵심 기술을 탈취할 수 있는 순간이 올지도 모르니까 말일세."

"과연! "현명한 판단입니다. 제가 너무 성급했습니다."

사이토는 단번에 납득했다.

대현그룹에 심어 둔 비선이 지금의 위치까지 오르는 데는 상당한 시간이 걸렸다. 고작 LNG 운반선의 핵심 기술을 확보한 것이 사실인지 그 진위를 확인하기 위한 용도로 사용하기엔 너무나 아까웠다.

"우선 스카이 포레스트와 접촉을 시도해 보자고."

"현재로서는 그게 최선입니다만, 차준후가 우리 일본에게 좋지 않은 감정을 갖고 있는 탓에 쉽지 않을 듯합니다."

스카이 포레스트와 시세삼도의 다툼은 단순히 두 기업 간의 문제를 넘어, 양국을 시끄럽게 만드는 사안이었다.

일본 정부에서 경제 보복이나 다름없는 원자재 수출 금지를 했던 것도 그 때문이기도 했다.

"그래 봤자 결국 차준후도 사업가가 아닌가? 막대한 돈을 안겨 준다고 하면 거부할 수 없을 거네. 만약 거부한다면 그건 제안한 금액이 충분하지 않기 때문이지."

하시모토 마나부는 엄청난 돈을 지급해서라도 LNG 운

반선에 대한 모든 걸 알고자 했다. LNG 운반선은 조선 강국인 일본에게 꼭 필요한 지식이었다.

"일이 잘 풀렸으면 좋겠습니다."

사이토가 우려를 드러냈다. 미국이나 영국 등 다른 곳보다 일본이 불리한 출발이었으니까.

LNG 운반선의 핵심 기술을 하필이면 일본과 사이가 불편한 스카이 포레스트에서 개발해 낸 것이 너무 안타까웠다.

대한민국에 있어서는 경사일지 몰라도 일본에는 악몽이 될 수도 있었다.

"그렇게 만들기 위해서 우리가 어떻게든 해야지. 우선 스카이 포레스트와 대현그룹의 인사들에게 차례차례 접근해 보게."

하시모토 마나부는 다양한 방면에서 스카이 포레스트에 대한 접근을 시도할 생각이었다.

가난하고 불평등하며 부패가 극심한 대한민국이었다. 혼란스러운 상황이었기에 비집고 들어갈 틈이 많을 것이라 여겼다.

"최선을 다하겠습니다."

"최선으로는 부족해. 무조건 LNG 운반선에 대한 정보와 기술을 가져와야만 해."

LNG 운반선이 만들어 낼 엄청난 시장을 절대 놓칠 수 없었다.

두 사람은 산업스파이를 동원하고, 비선들을 사용해서라도 어떻게든 LNG 운반선에 대한 기술을 얻어 낼 것이라 다짐했다.

욕을 먹는 짓이라는 걸 알지만 국익이 먼저였다.

"알겠습니다."

이후로도 일본 무역대표부에서는 스카이 포레스트와 차준후에 대한 논의가 계속해서 이어졌다.

* * *

최근 이철병은 이른 아침부터 밤늦은 시간까지 여러 계열사에서 올라온 결재 서류들을 살피느라 정신없이 바빴다. 몸이 열 개라도 부족할 지경이었다.

집보다 회사에서 더욱 많은 시간을 보내는 이철병이었다.

어수선한 정국 탓에 고려해야 할 사항들이 많아진 탓에 서류들을 더욱 꼼꼼하게 살펴야만 했다.

똑똑똑!

노크 소리가 경박하게 울렸다.

"회장님, 급히 전달드릴 소식이 있습니다!"

이희건이었다.

"들어와."

이철병이 서류에서 시선을 떼지 않고 이야기했다.

숨을 헐떡거리는 이희건이 회장실 안으로 들어섰다.

"무슨 일인데 그렇게 요란이냐?"

"회장님! 차준후 대표가 대현그룹과 조선소 사업을 추진한 이유가 있었습니다!"

"이유? 그게 뭔데?"

그제야 이철병이 고개를 들어 이희건을 바라보았다.

차준후와 관련된 건은 결코 가볍게 여길 수 없는 문제였다.

"LNG 운반선을 만든다고 합니다."

"……LNG 운반선?"

"자세한 내용은 이 신문을 읽어 보시면 아실 수 있을 겁니다."

이희건이 손에 들고 있던 천하일보 신문을 펼쳐서 책상 위에 올려놓았다.

「스카이 포레스트의 위대한 도전! LNG 운반선!」

큰 활자가 이철병의 눈에 비수처럼 박혀들었다.

헤드라인 아래로는 LNG 운반선이 벌어들일 수 있는 경제 효과 등 그 가치가 길게 쭉 이어져 있었다.

기사를 읽어 내려가는 이철병의 손이 점차 떨리기 시작했다.

떨리는 그의 손이 책상 위에 쌓여 있던 서류 더미를 건드렸다. 중요한 결재 서류들이 바닥에 떨어져 흩어졌음에도 그것에 신경 쓸 겨를이 없었다.

"이런 무시무시한 걸 숨겨 뒀구나."

이철병의 목소리가 떨렸다.

차준후를 떠올리는 그의 눈빛이 흔들렸다.

시기상조라고 생각해서 조선소 사업에 뛰어들지 않았던 것이 후회되기 시작했다.

"지금이라도 한 발 걸쳐야 합니다."

이희건이 강하게 주장했다.

"뭐라고?"

"워낙에 큰 사업입니다. 스카이 포레스트가 돕는다고 한들 대현그룹이 홀로 감당하기에는 버겁지 않겠습니까? 우리 성삼그룹이 협력한다면 한층 더 손쉽게 사업을 진행할 수 있을 테니 그들도 쉽게 거부하지 못할 겁니다."

이희건은 총명했다.

그리고 이철병과 달리 처음부터 차준후와 함께 사업을 하고 싶어 했다.

"좋아. 이번 일은 너에게 전적으로 맡기마. 알아서 추진해 봐라."

이철병은 이번 조선소 사업이 성공할 것이라 직감했다.

어렵고 힘든 조선소 사업을 차준후가 숨겨 뒀던 LNG 운반선으로 쉽게 만들어 버렸다.

이것저것 면밀하게 따져 가면서 사업하는 이철병에게 차준후는 참으로 맞지 않는 사업 상대였다.

"참으로 대단한 사내구나."

이철병이 차준후를 떠올렸다.

처음 만났을 때부터 차준후는 범상치 않았다.

대한민국의 재계 서열 1위의 기업 회장인 자신을 대면하면서도 한 치도 떨지 않는 모습이 무척이나 인상적이었다.

자신감으로 넘치는 태도와 눈빛!

그때부터 차준후가 훗날 크게 성장할 것이라 직감할 수 있었고, 그와 친하게 지내기 위해 애장품들까지 선물했었다.

그때의 판단이 틀리지 않았던 것이다.

"정말 대단하지요."

"이제는 정말 인정할 수밖에 없구나. 대한민국 최고의 사업가는 내가 아니라 바로 차준후다."

자존심 강한 이철병이 차준후를 인정했다.

이전까지는 국내에서만큼은 자신과 성삼그룹이 조금 더 우월하다고 내심 생각하고 있었다.

회사 규모와 계열사들, 직원 수 등에 있어서는 성삼그룹이 스카이 포레스트보다 크고 많았기 때문이다.
하지만…….
그런 생각이 완전히 사라지고 말았다.
그리고 스스로 인정하지 않는다고 해도 부질없는 일이었다.
이번 LNG 운반선으로 인해 세계가 스카이 포레스트를 더욱 주목하게 되었다. 세계적으로 차준후와 스카이 포레스트의 명성이 크게 올라갔다.
그에 반해 성삼그룹은 국내에서만 잘나갈 뿐, 세계로 나아가면 아무것도 아니었다.
'그렇게 된 지는 조금 됐어요.'
이희건이 속으로 중얼거렸다. 괜히 입 밖으로 꺼내어 비정한 이철병의 심기를 거스를 필요가 없었으니까.
스카이 포레스트는 미국 지사를 설립하며 사업 영역을 미국 시장까지 확장해 폭발적인 성장을 이루어 냈다.
이제 대한민국 재계 서열 1위는 명실상부 스카이 포레스트였다.
심지어 이번에 론도 생활 화장품까지 인수하여 규모를 더욱 늘렸고, 대현조선소의 성공까지 목전에 둔 상황에서 스카이 포레스트가 앞으로 어디까지 성장할지 감히 짐작조차 하기 어려웠다.

그리고 그 스카이 포레스트를 만들어 낸 것이 바로 차준후였다. 스카이 포레스트의 모든 건 차준후에게서 비롯되었다고 해도 결코 과언이 아니었다.

"우리나라에 차준후처럼 대단한 천재가 나올지 몰랐다."

"차준후 대표는 천만 명 이상의 몫을 하고 있는 것 같습니다."

이희건이 롤모델로 삼고 있는 차준후의 대단함에 몸을 떨었다.

차준후처럼 사업을 할 수 있다면 어떨까?

생각만 해도 절로 흥분이 됐다.

이희건은 천재가 회사에 얼마나 큰 도움이 되는지 뼈저리게 느꼈다. 그래서 사업을 하면서 앞으로 인재를 중용해야겠다고 생각했다.

"잘 봤다. 기업은 결국 사람이 만들어 가는 거야. 세계적인 회사로 성장하기 위해서는 핵심 인재를 많이 데리고 있어야 한다. 차준후와 같은 천재를 키워서 성삼을 위해 일하게 만들어라."

"유념하겠습니다."

이희건은 우선 천재인 차준후와 함께 사업적으로 협력하고자 했다.

"지금 당장 전화를 해서 약속을 잡거라. 맛있는 요리를 좋아하니 최고의 식당을 예약해 두고."

"차준후 대표는 지금 국내에 없습니다."

"뭐라고?"

"조선소 사업을 위해 대현그룹 정영주 회장과 함께 유럽으로 떠났다고 합니다. 덴마크로 떠났을 것이 유력한 상황입니다."

"하…… 마음 같아서는 덴마크까지 따라가고 싶지만 어쩔 수 없구나. 차준후가 귀국하는 대로 약속을 잡아 이야기를 나눠 보거라."

"알겠습니다."

성삼그룹의 이철병과 이희건이 차준후의 귀국을 간절히 기다렸다.

그들은 어떻게든 이번 조선소 사업에 한 발 걸치겠다는 각오를 드러냈다.

* * *

20세기 과학기술이 집결되어 있는 제트 여객기는 프로펠러 비행기와 비교할 수 없는 뛰어난 성능을 자랑했다.

우선 비행기의 흔들림이 적어 쾌적했고, 비행시간은 프로펠러 비행기에 절반에 불과했다.

덕분에 차준후는 편안하게 비행을 즐길 수 있었다.

전세기가 덴마크 영공으로 진입한 것은 해가 저문 직후

였다.

「승객 여러분, 저희 비행기는 잠시 후 코펜하겐 공항에 착륙 예정입니다. 좌석벨트를 매어 주시고, 좌석 등받이와 테이블을 원위치로 해 주시기 바랍니다.」

기장의 안내 멘트가 기내에 울렸다.
여승무원들이 기내를 돌아다니면서 승객들과 좌석의 상태를 확인하였다.
"차준후 고객님, 비행은 편안하셨나요?"
엘리나가 다시 한번 차준후의 옆에 무릎을 꿇고 그와 눈높이를 맞췄다.
"제트 여객기라서 편안하게 왔습니다."
차준후는 간만에 제트 여객기를 타고 직항으로 비행을 하니 무척 만족스러웠다. 이제 다시는 프로펠러 비행기를 탈 수 없을 것 같았다.
여전히 21세기가 익숙한 그에게 프로펠러 비행기로 장시간 비행을 하는 건 끔찍할 정도로 불편했다.
'제트 여객기를 구입해야 하나?'
차준후가 진지하게 고민하고 있을 때였다.
"이건 고객님들에게 드리는 저희 항공사의 선물입니다."
엘리나가 항공사 로고가 들어간 작은 모포를 건넸다.

스타에어 항공사는 비싼 제트 여객기를 이용하는 승객들에게 작은 선물을 주는 이벤트를 펼치고 있었다. 모포는 승객들이 선호하는 선물 가운데 하나였다.

　마지막 순간까지 차준후에 대한 미인계를 포기하지 않는 그녀였다.

"고맙습니다."

차준후가 모포를 받았다.

"그럼 다음에 또 뵐 수 있었으면 좋겠네요."

엘리나가 매력적으로 웃으며 일어섰다.

다시 볼 일이 있을까?

우연이 다시 겹친다면 모를까.

"대표님, 모포 좀 보여 주시겠어요?"

"네? 여기요."

차준후가 실비아 디온에게 선물받은 모포를 건넸다.

"역시. 이럴 줄 알았어요."

실비아 디온이 모포를 뒤적거리다가 안쪽에서 전화번호가 적인 쪽지를 발견해 냈다. 전화번호 이외에도 하트가 그려져 있었는데, 적극적으로 호감을 어필하는 엘리나였다.

"전화번호인가요?"

"쪽지를 간직할까요?"

"아닙니다. 버려 주세요."

"네. 갈기갈기 찢어서 버리겠습니다."

실비아 디온은 차준후의 대답에 무척 만족스러워하며 즉답했다.

707 제트 여객기가 코펜하겐 공항으로 착륙하기 위해 서서히 고도를 내렸고, 이내 공항에 착륙했다.

차준후가 내릴 준비를 하고 있을 때였다. 여승무원이 제임스 보위에게 다가가서 귓속말로 이야기하는 모습이 보였다.

"잠시만 기다려 주세요. 저희는 출국장으로 가지 않습니다."

제임스 보위가 차준후를 만류했다.

"무슨 소리입니까?"

"지금 차준후 대표님을 모시고 갈 차량들이 오고 있습니다."

공항 활주로에 벤츠 리무진 차량들이 줄지어 들어섰고, 이내 비행기 트랩 옆쪽에서 멈춰 섰다.

국빈이 방문할 때나 보여 주는 광경이었다. 덴마크는 차준후에게 최대한의 성의를 내비치고 있었다.

"이게 다 뭡니까?"

차준후가 어리둥절해하였다.

"덴마크에서 차준후 대표님을 국빈으로 대우한다는 모습입니다."

LNG 운반선 이야기를 접한 덴마크 정부는 차준후에게 국빈 대우를 하고 있었다. 이보다 더한 것도 할 수가 있었다.

"허허허! 사업가에게 국빈 대우를 해 주는 건가? 역시 차준후 대표답네. 역시 나와 함께 일하는 사업가다워. 우리 대현그룹 사람들도 대우를 받을 수 있는 거요?"

정영주가 웃음을 터트리며 외쳤다. 그는 당당히 목소리를 높이며 제임스 보위를 바라보았다.

"회장님, 제발 자중하세요."

함께하고 있는 대현그룹 임원들이 정영주를 만류했.

전세기를 함께 타고 온 것만으로도 덕을 본 것이기에 이 이상을 바라는 건 염치가 없는 일이었다.

그러나 제임스 보위는 흔쾌히 고개를 끄덕였다.

"물론이지요. 차준후 대표님의 일행분들이시니까요."

제임스 보위는 어디까지나 이 모든 것이 차준후 덕분임을 강조했다. 만약 대현그룹이 차준후의 파트너가 아니었다면 지금과 같은 대우는 없었을 것이었다.

"하하! 차준후 대표 덕분에 덴마크에서 국빈 대접을 받을 수 있게 됐구려. 이 은혜 꼭 잊지 않고, 귀국하면 술 한잔 사겠소이다."

정영주가 이번에도 술자리를 제안했다. 그는 무슨 일만 있으면 술 이야기를 꺼내 들었다.

대현그룹 사람들의 주목을 받고 있는 차준후는 그저 웃으며 정영주를 외면하였다.
"자, 내리시죠!"
"네."
　차준후가 비행기 트랩을 통해 내려섰다. 그리고 활주로 바닥에 내려서자마자 열려 있는 벤츠 뒷좌석에 몸을 실었다.
　실비아 디온이 자연스럽게 차준후와 함께 자리했다.
　벤츠 리무진 차량들이 넓은 활주로를 질주하며 그대로 공항을 빠져나갔다. 덴마크 정부에서 입국한 이들의 신원을 모두 확인하여 알아서 입국 수속을 처리해 준 것이었다.
"왕실 별장으로 모시겠습니다."
"왕실 별장이라고요?"
　호텔로 갈 줄 알았던 차준후가 되물었다.
"왕실 관계자분들만 이용하는 아주 특별한 곳이지요. 왕실의 배려로 차준후 대표님이 덴마크에 머무르시는 동안 제공해 드리기로 하였습니다."
　벤츠 리무진들이 왕실 별장으로 향했다.
　쾌적한 제트 여객기라고 해도 프로펠러 비행기보다 좋다는 것일 뿐, 차준후는 오랜 비행으로 몸이 무겁고 피곤했다.

차준후는 푹신한 리무진 등받이에 몸을 기대며 천천히 눈을 감았다.

경찰차와 경찰 오토바이의 안내를 받으면서 단 한 번도 멈추지 않고 시원하게 질주하던 차준후와 실비아 디온이 탑승한 벤츠 리무진이 어느 한 곳에 이르러서 서서히 속도를 줄였다.

중간에 대현그룹의 사람들과는 갈라져 이동했는데, 대현그룹은 첫날부터 오덴세 조선소 사람들과 만나 협의하는 시간을 가지기로 했기 때문이었다.

LNG 운반선과 조선업이 궁금한 앤디 사무엘도 그들과 함께 합류해서 움직였다.

그에 차준후 일행만이 먼저 덴마크 왕실 별장에 도착한 것이었다.

중세의 분위기를 물씬 풍기는 건축물이 모습을 드러냈다. 붉은 벽돌과 녹색 구리 지붕이 무척이나 인상적인 3층 건물이었다.

벤츠 리무진이 왕실 별장의 정문을 통과하는 순간, 정문 앞에 죽 늘어서 있는 근위병들이 경례를 올렸다.

"귀빈의 방문을 환영합니다."

베어스킨 군모를 착용하고 있는 덴마크 근위대의 모습은 영국군 근위대와 몹시 흡사해 보였다. 한 가지 뚜렷한 차이가 있다면, 덴마크 근위병은 X자형 띠를 이용하여 칼을 착용하고 있다는 점이었다.

"총검을 든 군인들이 지키고 있군요."

차준후가 살짝 당황한 모습을 드러냈다.

"왕실 별장이니까요."

제임스 보위가 웃으면서 이야기했다.

왕실의 관계자들이 머무르는 별장이었기에 경계가 삼엄했다.

"어서 오십시오."

연미복을 입은 집사와 메이드복을 입은 여인들이 죽 늘어서 있다가 차준후를 반겼다.

"반겨 주셔서 감사합니다."

차준후는 순간 당황할 수밖에 없었다. 그동안 여러 이들에게 환대를 받아 봤지만, 이토록 극진한 환대는 난생처음이었다.

"편안하게 모시겠습니다."

집사가 웃으며 친절하게 이야기했다.

'너무 친절해서 오히려 불편한데요.'

차준후는 차마 속내를 밝히지는 못했다.

덴마크 왕실의 사람들의 극진한 접대가 약간 불편했다.

차준후는 쇼핑을 할 때도 점원이 호객을 위해 다가오는 걸 불편해했고, 직원이 과도한 친절을 베풀면 부담을 견디지 못해 매장에서 나오는 성격이었다.

그에 반해 실비아 디온은 아주 담담하게 받아들였다. 상류층 집안 출신이었기에 귀족들의 접대와 대우에 무척 익숙했다.

"귀빈이 머물 숙소를 안내해 드리겠습니다."

차준후가 집사를 따라서 움직였다.

대리석이 깔린 로비는 일류 호텔과 비교해도 전혀 손색이 없었다. 아니, 오히려 호텔보다 더욱 화려하고 우아하였다.

로비의 양 벽면에는 다양한 그림들이 걸려 있었는데, 한눈에 봐도 명화임을 알 수 있었다.

전영식과 어울리며 그림에 눈을 뜬 차준후는 그것을 어렵지 않게 알아보았다.

명화들에서 눈을 떼지 못하는 차준후의 모습에 집사가 미소를 머금으며 설명했다.

"수장고에 보관 중이던 예술품들을 귀빈의 방문을 환영하기 위해 꺼내어 진열하였습니다. 어떠십니까?"

지금 로비에 진열되어 있는 예술품들은 덴마크 왕실에서 특별히 관리하고 있는 작품들로, 평상시에는 온도와 습도가 완벽히 관리되는 수장고에 보관하고 있었다.

덴마크 왕실은 많은 보물과 예술품들을 소장하고 있었는데, 주기적으로 박물관에 빌려줘서 시민들이 관람할 수 있게 해 주었다.

덴마크 왕실의 컬렉션은 명성이 높았고, 박물관에 전시되는 컬렉션을 모두 구경하려면 족히 백 년이 걸린다는 말이 있을 정도였다.

덴마크는 차준후에 대해 조사하며, 그의 취미가 그림 감상이라는 걸 알아냈다. 그에 차준후의 호감을 사기 위해 그러한 특별히 대작들을 꺼내어 전시한 것이었다.

"환상적이군요."

걸음을 멈춘 차준후는 대작이 전해 주는 강렬한 아름다움에 취했다. 머리끝에서 발끝까지 전율이 스치고 지나갔다.

마치 그림이 귓가에 나지막이 속삭이는 느낌이라고 해야 할까?

마음 깊은 곳에서 솟아나는 울림이 있었다.

차준후는 잠시 말없이 명화들을 감상했고, 집사도 차준후가 먼저 움직이기 전까지 조용히 한쪽에서 대기했다.

한동안 그림 감상은 끝날 기미가 보이지 않았다. 한 작품의 감상을 끝내면 바로 옆에 또 다른 명작이 걸려 있는 탓이었다.

여러 명작들이 주는 울림은 차준후가 삶을 되돌아보게 만들어 주었다.

의미심장한 시간이었다.

수많은 생각이 차준회의 뇌리를 스치고 지나갔다.

'왜 회귀를 하게 된 걸까.'

'나는 지금 올바르게 나아가고 있는 걸까.'

'내 행동들이 역사를 지나치게 뒤바꾸는 건 아닐까.'

차준후가 지난 1년간 벌인 행동들로 인해 대한민국의 역사와 주변 인물들의 미래는 크게 달라지게 되었다.

그동안의 선택을 후회하는 것은 아니었지만, 과연 그게 옳았던 것인지 하는 고민은 쉽게 지울 수가 없었다.

이윽고 차준후는 한숨을 내쉬며 상념에서 깨어났다.

"뜻깊은 시간을 가졌습니다. 배려에 감사드립니다."

"마음에 들어 하시니 다행입니다. 내일은 다른 작품들을 전시하겠습니다."

집사가 뿌듯한 표정을 지었다.

내일은 수장고에서 또 다른 명작들을 꺼내어 전시할 계획이었다. 차준후의 마음을 얻기 위해 어떠한 것도 아끼지 말라는 국왕 폐하의 지엄한 명령을 받은 그였다.

"벌써부터 내일이 기다려지는군요."

3층으로 올라가는 길 곳곳에도 예술 작품들이 즐비했다.

높은 천장에는 아름다운 샹들리에 조명이 반짝였고, 벽의 기둥에는 장인의 손길이 느껴져 있는 음각이 새겨져 있었다.

"이곳이 귀빈분들께서 머무실 숙소입니다."

집사가 문을 활짝 열자 화려한 실내가 모습을 드러냈다.

넓이도 넓이지만, 우아한 덴마크 왕실의 품격이 느껴지는 고스란히 느껴지는 화려한 방이었다.

5성급 호텔의 최고급 객실도 이곳에는 못 미칠 터였다.

방 한쪽에는 이곳까지 오며 보았던 예술 작품들 못지않은 명작들이 걸려 있었고, 고풍스러운 침대는 열 명이 누워도 될 정도로 커다랬다.

이곳은 덴마크 왕실이 소유한 별장들의 여러 방 중에서도 가장 화려한 방으로, 국왕이 방문할 때도 애용하는 곳이었다.

그동안 그 어떤 귀빈이라 할지라도 이곳을 내어준 적은 없었다.

덴마크 정부가 차준후를 어떻게 생각하는지 여실히 드러나는 부분이었다.

"잠시 쉬고 계시면 식사를 준비하겠습니다."

집사가 정중하게 인사를 하고 물러났다.

실비아 디온은 차준후의 숙소 바로 옆방을 배정받았다.

방 안에도 여러 예술품이 전시되어 있던 덕분에 차준후는 식사를 기다리는 내내 배고픈 줄도 모르며 그림 감상에 빠져들었다.

* * *

　차준후가 그림 감상에 빠져 있던 그때, 스카이 포레스트는 각국의 대사관과 기자들의 전화가 쏟아지는 탓에 정신이 없었다.
　어찌나 전화가 많이 걸려오는지 업무가 마비될 정도였다.
　천하일보의 기사가 사실인지 진위 여부를 확인하기 위한 전화는 계속됐다.
　결국 스카이 포레스트는 긴급 기자회견을 열기로 했다.
　스카이 포레스트의 대강당에는 한국인들을 비롯해 수많은 외국인이 모여들었다.
　한국인 관계자들보다 외국인들이 훨씬 더 많이 보였다. LNG 운반선에 대한 관심이 한국보다 외국에서 더 많다는 방증이었다.
　좌석이 순식간에 꽉 채워진 탓에 통로에도 사람들이 자리하며 대강당은 순식간에 북적거렸다.
　심지어 지금도 계속해서 사람들이 몰려들고 있었고, 안으로 들어오지 못한 사람들은 대강당 밖에서 고개를 빼죽 내밀고 있었다.
　"LA 타임지에서 나왔어요. 차준후 대표님을 만나 뵙고 싶어요."

"영국 대사님이 직접 오셨어요. LNG 운반선에 대한 이야기를 심도 깊게 나눴으면 합니다."

"미국 기자 윌리엄입니다. 예전에 스카이 포레스트와 차준후 대표에 대한 기사를 내보낸 적이 있습니다. 저번에 패션쇼에도 참석을 했고요. 저 기억하시죠? 차준후 대표님과 스카이 포레스트에 대한 좋은 기사를 쓰겠습니다. 제발 인터뷰하게 해 주세요."

"언제, 어느 조선소에서 세계 최초의 LNG 운반선을 건조할 계획입니까?"

"대체 어떻게 개발해 낸 겁니까? 개발 비화를 알려 주세요."

기자들과 대사관에서 나온 사람들이 마구 질문을 내던졌다. 그들은 조금이라도 빨리 LNG 운반선에 대한 이야기를 듣고자 했다.

"전무님께서 응답을 해 주실 예정입니다."

"조금만 기다려 주십시오. 기자회견 시간이 아직 조금 남아 있습니다."

"곧 전무님이 나오실 예정입니다."

스카이 포레스트의 직원들이 문상진 전무가 응답을 할 거라고 미리 공지를 해 둔 상태였다. 그럼에도 불구하고 그들의 대처가 전혀 빛을 보지 못했다.

엄청난 인파를 감당하지 못한 스카이 포레스트의 직원

들은 눈이 빙글빙글 돌았다.

그렇게 어수선한 상황 속에서 문상진이 모습을 드러냈다.

"전무님, 저 아시죠?"

"문상진 전무님! 차준후 대표님과 이야기를 나눌 수 있게 해 주세요!"

"진짜 LNG 운반선 기술을 개발한 것이 사실입니까?"

"전무님, 잠시 대표님과 대화 좀 할 수 있게 해 주세요. 저번에 함께 식사도 하지 않았습니까?"

문상진의 등장에 강당 안이 더욱 소란스러워졌다.

단상 위에 올라선 문상진이 아우성치는 사람들의 모습을 바라보면서 웃었다.

강당 안에 자리한 모든 이의 시선이 그에게 집중되었다.

뜨거운 눈길로 자신을 바라보는 이들의 모습에 문상진은 긴장은커녕 흥분감으로 심장이 두근거렸다.

'감사합니다, 대표님.'

주목받는 걸 좋아하는 문상진이 차준후에게 고마워했다. 학계에서 철저하게 따돌림을 받던 그는 이제 차준후 덕분에 많은 관심을 받게 되었다.

시간강사로 출강하던 학교들에서는 교단에 서 달라는 요청이 줄을 잇고 있었다. 그전에는 시간강사라고 무시하던 동료 교수들과 선후배들이 이제는 그와 친해지려고 안달이었다.

그렇지만 그가 다시 학교로 돌아갈 일은 없었다.

'끌려갈 필요는 없지.'

질문들이 마구 이어지고 있었지만 문상진은 말없이 웃으면서 강당 안을 훑었다.

예전에 차준후가 기자들을 상대했던 모습이 뇌리에 생생하게 떠올랐다.

당시 차준후는 기자들을 압도했었다. 그런 차준후의 모습을 문상진이 그대로 따라 했다.

역시 효과가 좋았다.

아수라장처럼 시끄럽던 강당 안이 점점 잠잠해져 갔다.

"조용히 해. 스카이 포레스트는 이런 식의 기자회견을 하지 않는다고. 질문하고 싶으면 조용히 손만 들어 올려."

"맞아. 닥치고 손들어."

"너부터 닥쳐라. 나는 일찌감치 손을 들고 있었으니까."

기자와 대사관 관계자들이 저마다 손을 번쩍 들어 올렸다. 그 가운데에는 다니엘 드로스 영국 대사도 포함이 되어 있었다.

"다니엘 드로스 님, 질문하세요."

문상진이 만난 적이 있던 영국 대사를 지목했다.

"첫 번째로 질문할 수 있는 기회를 줘서 고맙소이다."

"무엇이 궁금하십니까?"

"우선 먼저 영국은 전적으로 차준후 대표와 스카이 포레스트에 협력할 준비가 되어 있다는 걸 알려 드리고 싶습니다. 영국에게 기회를 주시기 바랍니다."

 "음! 그건 제가 결정할 수 있는 문제가 아닙니다. 대표님이 귀국하시면 대사님의 의견을 전달해 드리겠습니다."

 "LNG 운반선 개발은 어디까지 진행이 된 겁니까?"

 "아직 모두 준비 단계에 있다고 생각하시면 됩니다."

 "LNG 운반선을 건조할 조선소는 정해졌습니까?"

 "LNG 운반선과 관련된 모든 협력사는 아직 확정되지 않았습니다."

 문상진이 웃으며 대답했다.

 사실상 협력사로 대현조선소와 오덴세 조선소로 정해진 것이나 다름없었지만, 문상진은 차준후가 미리 언질을 준 대로 대답했다.

 덴마크와 오덴세 조선소와의 협의에서 우위를 점하기 위해서였다. 덴마크로 향하며 천하일보에 특종은 건네며 언론 플레이를 벌인 것은 모두 이를 위함이었다.

 이곳에 모인 각국의 대사들은 언론 플레이의 효과를 극대화해 줄 터였다.

 "좋은 답변 감사합니다. 그리고……."

 다니엘 드로스의 질문이 끝없이 이어지려고 했다.

 "질문은 여기까지 받겠습니다. 다음 분."

문상진이 다니엘 드로스의 질문을 끊어 버렸다. 첫 질문을 할 수 있는 기회를 준 것만으로도 충분히 배려를 해 준 것이었다.

 다니엘 드로스가 진한 아쉬움을 드러내면서 의자에 앉았다.

 수많은 사람들이 손을 번쩍 들었다.

 "세 번째 줄의 붉은 스웨터를 입은 여성분! 질문 받겠습니다."

 "LA 타임즈의 셀린 기자입니다. 우선 기술 개발을 축하드려요."

 "감사합니다."

 "이번에도 차준후 대표님께서 직접 기술 개발을 하신 건가요?"

 "맞습니다. 대표님이 홀로 해내셨습니다."

 "차준후 대표님과 인터뷰 가능할까요?"

 전 세계에 화두로 떠오르는 차준후와 직접 대면 인터뷰를 하여 기사에 싣는다면 이보다 더한 특종은 없었다.

 "그건 제가 대답하기 곤란하군요. 대표님이 결정할 문제이니까요. 그렇지만 기자님의 이야기를 전달해 드리겠습니다."

 문상진이 긍정적으로 이야기했다.

 차준후가 인터뷰를 할지는 모르겠지만 미국의 대형 신

문사인 LA 타임즈의 기자와 좋은 관계를 유지하는 편이 좋았기 때문이었다.

"스카이 포레스트는 직접 LNG 사업까지 진행할 계획이 있나요?"

"그 부분은 언급하기 어렵습니다."

LNG 운반선을 건조하여 판매하는 것과 LNG 사업을 벌이는 것은 완전히 별개의 문제였다.

LNG 화력발전, 해상 운송, 터미널 운영 등은 모두 별개의 사업으로, 하나를 시작한다면 이를 기반으로 다른 사업까지 확장하는 것은 한층 수월해지지만 애당초 하나를 시작하는 것부터가 쉽지 않은 일이었다.

"다음 질문을 받겠습니다."

문상진이 강당 안을 둘러봤다.

셀린 기자가 아쉬움이 가득한 표정으로 자리에 앉자 다시 수많은 사람들이 손을 번쩍 들었다.

"열한 번째 줄, 통로에서 목에 카메라를 들고 서 있는 분! 질문하세요."

문상진은 이번에는 한국인으로 보이는 사람을 선택했다.

"LNG 운반선을 만들 수 있는 기술을 개발한 것이 정말 사실이오? 그 어느 선진국도 그동안 해내지 못했던 일을 차준후 대표 혼자 해냈다는 게 도무지 믿을 수 없소."

"저희의 말을 믿지 못한다는 뜻인데…… 그렇다면 지

금 제가 어떤 대답을 드린다 한들 의미가 있는 겁니까?"

문상진이 퉁명스럽게 답했다.

의문을 가질 수는 있지만, 기자로 보이는 인물은 어조부터가 비아냥거림이 섞여 있었다.

문상진은 이런 질문에도 정중히 대답해 줄 생각은 없었다.

"아니, 내 말이 틀렸소? 어느 나라도 개발해 내지 못한 기술을 어느 날 갑자기 개발했다고 한다면 그 누가 쉽게 믿을 수 있겠소?"

"당신이 믿건, 믿지 않건 그것은 저희와 상관없는 일입니다. 그런데…… 어느 소속 기자시죠?"

"……."

지금껏 몰아치듯 질문을 던졌던 기자가 한순간 입을 꾹 다물었다.

"혹시 일본 기자입니까?"

한국어가 다소 어눌한 것으로 보아 한국인이 아닌 것은 확실했다.

동아시아인 중에서 스카이 포레스트를 향한 적개심이 많은 국가.

이를 종합해 보자면 떠오르는 나라는 일본뿐이었다.

"그게……."

맞았다. 그는 한국에 머무르고 있는 요미오리라는 일본

신문사의 기자였다.

문상진은 아무런 대답도 하지 못하는 기자의 모습에서 자신의 예상이 맞았음을 확신했다.

뒤이어 한 직원이 다가와 문상진에게 귀엣말을 했다.

"요미오리 신문사의 기자님이셨군요. 대표님을 깎아내리려 참으로 애쓰십니다."

"언제 깎아내렸단 말이오? 난 사람들의 알 권리를 위해 물어봤을 뿐이오."

"의문을 가질 수는 있습니다. 그러나 그 의문을 스카이 포레스트가 해소시켜 줄 의무는 어디에도 없습니다. 궁금하면 지켜보십시오. 그러면 결국 알게 될 겁니다."

문상진의 반박에 잠시 아무런 말도 하지 못하던 기자가 이제는 아무 말이나 떠들기 시작했다.

"자그마한 정보라도 공유해 주셔야 사람들이 믿지 않겠소? 그냥 말로만 이야기한다면 그것은 세상을 우롱하는 짓이오!"

"세상을 우롱하는 건 그것이 거짓일 때의 이야기입니다. 진실일 때는 아무런 문제가 되지 않죠. 이미 LNG 운반선 사업을 위해 대표님께서 직접 관계사를 만나러 유럽까지 가신 상황입니다. 얼마 지나지 않아 저희의 말이 사실인지 아닌지 알 수 있게 될 겁니다."

"유럽? 유럽 어디로……."

"더 이상 질문은 받지 않겠습니다. 아, 이번 기자회견만을 이야기하는 것이 아닙니다. 앞으로 요미오리 신문사의 기자분들은 스카이 포레스트의 기자회견을 찾지 말아 주셨으면 합니다."

문상진이 불쾌한 감정을 숨기지 않았다.

무작정 스카이 포레스트와 차준후를 물어뜯으려고 하는 요미오리 기자였다.

차준후를 믿고 따르는 이라면 누구라도 기분 나쁘지 않을 수 없는 상황이었다.

앞으로 요미오리의 기자들은 스카이 포레스트에 출입금지였다.

문상진의 손짓에 스카이 포레스트의 경비원들이 움직였다.

"이건 언론 탄압이오! 이런 짓을 하고도 괜찮을 것 같소?"

요미오리의 기자가 바락바락 소리 지르며 경비원들에 의해 강당 바깥으로 끌려 나갔다.

"에휴! 조용히 물러가라! 언론 탄압은 무슨 놈의 언론 탄압이냐."

"기자라고 마구 헛소리를 내뱉으면 안 되지. 뿌린 대로 거두는 거야."

"저런 사람이 기자라니, 내가 다 부끄럽다. 저게 뭐하는 짓인지 모르겠다."

"쯧쯧쯧! 스카이 포레스트와 요미오리의 관계가 좋지 않다고 들었어. 요즘 미국 법정에서 손해배상을 두고서 다투고 있잖아. 그렇지만 기자가 사적으로 악감정을 가지고 취재하면 대체 어쩌자는 거야? 나 같아도 쫓아내겠다."

상황을 지켜보던 다른 기자들이 요미오리 기자의 행태를 비난했다.

일본의 보수적인 언론 관계자들을 제외하면 동서양을 막론하고 기자들은 차준후에게 무척 호의적이었다. 그도 그럴 것이 특종과 함께 많은 기삿거리를 안겨 주고 있었기 때문이다.

"잠시 소란스러웠던 점 양해 부탁드립니다. 다시 질문을 받겠습니다."

문상진이 웃으면서 기자회견을 이어 나갔다.

기자회견은 다시 원만히 진행되기 시작했고, 수많은 질의가 이어졌다.

질문할 기회를 얻지 못한 이들도 쉴 틈은 없었다. 그들은 제각기 어딘가로 연락을 취했다.

"빨리 위에 보고드려! 차준후 대표와 LNG 운반선과 관련하여 이야기를 주고받는 곳이 있다고!"

"뭐? 덴마크가 한국에 전세기를 보냈었다고?"

"어떻게든 한 발 걸칠 수 있는 방법이 없는지 알아봐!"

"젠장! 내가 일찌감치 차준후 대표에게 잘 보여야 한다고 했건만……! 시간을 두고 지켜보자고 했던 머저리 새끼들의 머리털을 다 쥐어뜯고 싶다!"

기자회견에서 흘러나온 사소한 정보에도 각국의 인사들은 허둥지둥하며 급히 움직일 수밖에 없었다.

LNG 운반선에는 그만한 가치가 있었다.

대한민국이 LNG 운반선 이슈로 바쁘게 돌아가고 있을 때, 덴마크의 상황도 서서히 분주하게 바뀌고 있었다. 차준후의 언론 플레이에서 덴마크도 벗어나지 못했다.

제2장.
마그레테

마그레테

 덴마크 왕실의 별장은 하나의 예술품으로 평가받기에 부족함이 없을 만큼 우아하고 아름다웠다.
 3층 별장을 둘러싸고 있는 정원은 솜씨 좋은 정원사들이 매일같이 심혈을 기울여 가꾸고 있는 것인지, 본 적 없는 아름다움을 뽐냈다.
 과연 왕실 관계자들만 이용할 수 있는 특별한 별장답게 역사적, 문화적으로도 충분한 가치가 있어 보였다.
 차준후는 형형색색의 다채로운 꽃들이 아름답게 피어난 정원에서 왕족이 사용하는 잔을 이용하여 아메리카노를 음미했다.
 짙은 녹음의 냄새와 커피향이 어우러지자 무척이나 싱그러웠다.

오덴세 조선소와 덴마크 정부와의 협의는 내일부터 진행될 예정이었다.

오랜 비행으로 지친 차준후를 배려한다는 취지였다.

물론 그런 배려 뒤에는 차준후가 확실히 받아들일 만한 조건을 준비하기 위해 시간을 벌기 위함도 있었다.

그 차준후이니만큼 분명 무언가 계획이 있을 것이라 생각하고 협의를 추진했던 건 맞지만, LNG 운반선은 정말 누구도 예상할 수 없었던 사안이었다.

반드시 놓쳐서는 사업임을 알게 된 이상, 더 준비가 필요했다.

그에 차준후는 예기치 않은 휴가를 얻게 되었다.

"대표님, 지금쯤 한국에서는 난리가 벌어졌겠죠?"

둥근 테이블 맞은편에 실비아 디온이 앉아 있었다.

그녀는 폭탄을 떨어뜨리고 온 대한민국의 반응이 무척이나 궁금했다.

그 반응을 직접 보고 싶었기에 아쉬움이 많았다.

"그렇겠죠."

차준후는 태연하게 고개를 끄덕였다. 전 세계가 정신없는 와중, 유일하게 차준후만이 여유로웠다.

무릇 거래란 서로 동등한 가치가 있는 걸 저울에 올려놓아야 성사되는 법이었다.

이미 차고 넘치는 가치를 지닌 LNG 운반선의 건조 기술을 보유하고 있는 차준후는 그저 다른 국가들이 그에 비등한 조건을 제시하길 기다리면 될 뿐이었다.

과연 그들이 무슨 조건을 제시해 올지 기대가 되는 차준후였다.

"대표님이 여기에 있다는 사실을 알면 난리가 날 거예요. 엄청나게 많은 사람들이 대표님을 찾아오겠죠."

"그래서 밖에 나가지 않고 있잖습니까? 밖으로 나갔다가 붙잡히면 곤란한 상황이 벌어질 테죠."

숙면으로 피곤함을 날려 버린 차준후는 별장에 그대로 머물러 있었다.

세상은 시끄럽고 요란했지만 별장은 무척이나 평화로웠다.

보통이라면 외출을 하고도 남았다. 해외까지 나왔는데 숙소에만 머무르면 시간이 아깝지 않은가.

18세기까지의 왕실 보물을 소장한 세계 최초의 궁전 박물관인 로젠보르 박물관이라든지 코펜하겐의 유서 깊은 장소들을 둘러보고, 분위기 좋은 카페에서 여유롭게 식사도 하고 싶었다.

그러나 차준후는 그 생각을 접을 수밖에 없었다.

이미 각국에 LNG 운반선에 대한 소식이 퍼졌을 것은 자명했다. 지금 코펜하겐 도심을 돌아다녔다간 각국의 외신 기자들에게 붙잡혀 고생할 것이 뻔했다.

"하긴, 이미 각국의 정부 관계자들도 덴마크로 오고 있는 모양이더라고요."
"그건 어떻게 아셨어요?"
"아침에 주 덴마크 미국 대사관에서 사람이 찾아왔었어요."
과연 미국이라고 해야 할까.
미국은 차준후가 덴마크 왕실 별장에 머무르고 있다는 정보를 누구보다 빠르게 알아내어 대사관을 보냈다.
그것으로 끝이 아니었다.
지금 이 순간 미국의 상무부 장관이 비행기를 타고 대서양을 건너고 있었다. 차준후를 만나겠다는 이유 하나만으로 업무에 바쁜 미 상무장관이 움직인 것이다.
백악관 차원에서의 지시였다.
올해 초, 역대 최연소의 나이로 새로이 취임한 35대 미국 대통령은 발 빠르게 움직였다.
그는 LNG 운반선에 어떻게든 한 발 걸쳐, 세계 1위 강대국의 입지를 지키고자 했다.
"그 외 다른 이야기는 없었나요?"
"이것저것 물어 왔지만 대표님께 허락을 받지 않고 임의로 말할 수는 없는 터라 전부 대답할 수 없다고 했어요."
"적당히 대답하셔도 됐는데요."
"그럴 수는 없죠. 대표님과 만나게 해 달라고 애원하던

데, 만나실 의향이 있으신가요?"

"지금은 만날 생각이 없어요."

스카이 포레스트 유럽 지사를 설립할 계획이 있기에 언젠가는 유럽의 각국 정부 관계자들을 만나 조건을 들어봐야 했다.

하지만 아직은 때가 아니었다.

스카이 포레스트가 LNG 운반선의 건조 기술을 확보했다는 사실이 알려지며, 스카이 포레스트의 가치는 더욱 급부상했다.

스카이 포레스트의 유럽 지사 유치를 희망하는 국가들은 변화한 가치에 맞춰 다시 주판알을 튕겨야 한다는 소리였다.

"아무튼 한동안은 밖에 함부로 못 나가겠네요."

차준후가 답답함에 한숨을 내쉬던 그때였다.

정원으로 두 사람의 그림자가 드리워졌다.

검은 양복을 입은 제임스 보위와 드레스를 입은 우아한 젊은 여성이었다. 걸음걸이부터 기품이 넘치는 여인이 차준후를 빤히 바라보면서 걸어왔다.

"좋은 아침입니다. 저희도 같이 티타임을 가져도 되겠습니까?"

"물론이죠."

차준후가 두 사람의 합석을 허락했다.

제임스 보위가 여성이 편히 앉을 수 있도록 의자를 뒤로 빼 줬다.

"고마워요. 제임스."

"천만의 말씀입니다."

"처음 뵙겠어요. 마그레테라고 해요."

여인이 손을 내밀며 차준후에게 인사했다.

그녀의 이름을 들은 차준후는 깜짝 놀랐다.

마그레테는 훗날 덴마크 역사상 최장으로 재위하게 되는 덴마크 여왕의 이름이었으니까.

마그레테 알렉산드리네 토릴두르 잉리드, 통칭 마그레테 2세.

현 덴마크 국왕의 딸이자, 왕위 계승자인 공주가 이곳에 나타난 것이었다.

"반갑습니다, 공주 전하. 차준후라고 합니다."

차준후는 마그레테가 내민 부드러운 손을 가볍게 잡았다가 떼었다.

그 순간 한쪽에서 찻주전자를 들고 있는 집사가 날카로운 눈빛으로 차준후를 쏘아봤다. 왕실의 예법에 맞지 않는 행동이었던 탓이다.

하지만 아무리 로마에 가면 로마의 법을 따라야 한다지만, 모르는 예법을 갑자기 배워서 지킬 수는 없는 노릇이었다.

그리고 다행히 마그레테 공주도 딱히 신경 쓰지 않는 모습이었다.

"저를 알고 계셨네요?"

"왕위 계승자이신 공주 전하를 어떻게 몰라보겠습니까."

"하지만 다른 나라분들에게는 차준후 대표님이 더 유명할 테죠. 지금도 차준후 대표님이 덴마크에 와 계신다는 소식에, 차준후 대표님을 찾아다니는 사람이 얼마나 많은지 아시나요?"

"방금 들었습니다. 그래서 오늘 하루는 밖에 나가지 않을 생각입니다."

"잘 생각하셨어요."

마그레테가 환하게 웃으며 집사를 향해 손짓했다.

그러자 집사가 다가와 마그레테와 제임스 보위의 잔에 홍차를 따라 주고 물러났다.

"대한민국에 조선소를 설립하는 데 협력하기 위해 갔던 사람들이 느닷없이 LNG 운반선에 대한 이야기를 가지고 와서 깜짝 놀랐어요."

마그레테의 눈에는 호기심이 가득 넘쳤다.

"언제부터 LNG 운반선도 연구하기 시작하셨던 건가요?"

"오래전부터 가스 연료에는 관심이 있었습니다. 가령

분사형 화장품에는 인체용 LPG가 사용되기도 하는 터라 화장품과 전혀 무관한 분야는 아니니까 말이죠."

차준후는 이전부터 생각해 두었던 적당한 변명을 꺼냈다.

물론 실제로 다양한 스프레이형 제품들도 출시할 계획이긴 했다. 그리고 스프레이형 화장품들에는 인체에 무해한 인체용 LPG가 사용되는 터라 전혀 틀린 말은 아니었다.

"그렇군요······."

차준후의 설명을 들은 마그레테는 살짝 미간을 좁혔.

'정말 평범한 사람은 아니구나.'

그녀는 그동안 몇 차례에 걸쳐 차준후에 대한 상세한 정보를 보고받은 상태였다. 덕분에 차준후가 얼마나 대단한 인물인지는 알 수 있었다.

그러나 방금 전 대화를 통해 자신이 보고를 통해 전달받은 것 이상으로 범상치 않은 인물이라는 생각이 들었다.

아니, 어떤 사람이 화장품에 가스 연료가 쓰인다고 LNG 운반선을 만들 생각까지 한단 말인가?

마그레테는 공주의 신분으로 각국의 초청되어 여러 뛰어난 인재들을 만나 봤다. 그들 가운데에는 소위 천재라 불리는 사람들도 적지 않았다.

그러나 그들 가운데 차준후처럼 그녀를 경악시킨 인물

은 단 한 명도 없었다.

그녀의 눈에 비친 차준후가 무척이나 거대해 보였다. 자신의 기준으로는 도무지 가늠할 수 없는 인물 같았다.

그때였다.

"잠시 실례하겠습니다."

발소리도 내지 않고 다가온 집사가 마그레테에게 작은 목소리로 속삭였다. 그러면서 손에 들고 있는 서신을 건넸다.

"음! 알았어요."

마그레테의 눈썹이 꿈틀거렸다.

집사가 물러나자 마그레테는 다시 차준후에게 시선을 향했다.

"영국의 외교부 장관이 이곳에 왔다는군요. 만나 보시겠어요?"

감출 수는 없었기에 이야기를 꺼내긴 했지만, 마그레테로서는 다소 찜찜한 상황이었다.

영국의 외교부 장관은 엉덩이가 무겁기로 소문난 사람이었다. 그런 그가 차준후를 만나기 위해 덴마크까지 직접 날아온 것이다.

어떻게든 LNG 운반선 사업에 한 발 걸치기 위함이 분명했기에, 덴마크와는 경쟁 관계였으니 달가울 수가 없었다.

"예? 영국의 외교부 장관께서요?"

미 상무장관에 이어서, 영국의 외교부 장관이라니.

각국에서 장관급 인사들이 차준후 때문에 덴마크로 몰려들고 있었다.

잠시 고민에 잠겼던 차준후가 고개를 가로저었다.

"오늘 하루는 편히 쉬고 싶습니다. 무엇보다 지금은 덴마크와의 대화에 집중하고 싶군요."

덴마크에게 우선 협상권을 주겠다는 의미였다.

물론, 우선 협상권일 뿐 덴마크에서 만족스러운 조건을 제시하지 못한다면 언제든지 다른 나라와 거래를 할 생각이었다.

"알겠어요. 오늘 하루는 누구도 차준후 대표를 귀찮게 하지 못할 거예요."

마그레테가 환하게 웃었다.

덴마크를 우선해 준다는 말이 너무나도 듣기 좋았다.

그녀는 손에 들고 있는 각국의 정중한 서신을 차준후에게 건네지도 않았다. 오늘 차준후와 만날 수 있는 건 덴마크의 사람들뿐이었다.

당사자인 차준후가 만남을 거부하고 있잖은가!

각국의 고위 관료들이 격렬히 항의를 한다고 해도 당사자가 거절했다고 알려 주면 그만이었다.

'이번 기회를 놓치면 안 돼.'

마그레테는 덴마크가 비상할 수 있는 절호의 기회를 잡았다는 걸 알았다.

적어도 오늘 하루는 차준후를 다른 국가의 사람들이 방해하게 만들지 못하도록 만들겠다고 다짐했다.

"아침 식사는 하셨나요?"

"아직이요."

"다행이네요. 제가 이곳에 올 때 특별한 요리사를 모셔 왔거든요. 국왕 폐하의 전속 요리사이신데, 차준후 대표님이 덴마크에 머무르시는 동안에는 차준후 대표님을 위해 요리할 거예요."

사전에 보고받은 정보에는 차준후가 미식을 즐긴다는 것도 포함되어 있었다. 그에 마그레테는 덴마크 국왕에게 부탁해서 잠시만 그의 전속 요리사를 빌려왔다.

부탁이라는 모양새를 취했지만, 실상은 내키지 않아 하는 덴마크 국왕에게 이번 일의 중요성을 강조하며 윽박질러 가면서 강제로 뺏어 온 것이었다.

졸지에 자신의 전속 요리사를 빼앗긴 덴마크 국왕은 한동안 입맛에 맞지 않는 요리를 먹어야만 했다.

"국왕 폐하께 배려에 감사드린다고 전해 주십시오."

차준후는 진심으로 감사함을 표했다.

맛있는 요리를 먹게 된 것을 떠나, 자신을 이토록 배려해 준다는 게 고마웠다.

원형 테이블에는 네 사람이 앉아 있었지만, 대화는 차준후와 마그레테 사이에서 주로 이뤄졌다.

두 사람의 대화는 식사가 나올 때까지 끊임없이 이어졌다.

잠시 기다리자 이윽고 메이드복을 입은 여인들이 넓은 식탁에 요리들을 올려놓기 시작했다.

고기 요리가 주를 이루는 가운데, 호밀빵 위에 훈제 연어와 삶은 새우, 채소 등을 얹은 덴마크식 샌드위치인 스뫼레브뢰가 나왔고, 덴마크식 순대인 블로드푈세도 나왔다.

덴마크의 전통 요리와 함께 차준후를 위한 한식들도 탁자 위에 잔뜩 차려졌다.

"귀빈의 방문으로 더 신경을 써서 요리했네요."

"잘 먹겠습니다."

차준후가 덴마크의 요리를 먼저 먹었다. 덴마크까지 왔는데 대한민국에서 매일 접할 수 있는 요리를 먼저 먹고 싶지는 않았다.

"맛있네요."

스뫼레브뢰를 먹어 본 차준후는 그 깊은 맛에 빠져들었다.

"요리사가 좋아하겠네요."

"팁을 드려도 되나요?"

차준후는 덴마크 국왕의 전속 요리사에게 팁을 줘도 되는지 의문이었다. 괜히 돈을 주는 게 실례일 수도 있었기 때문이었다.

"주시면 좋아할 거예요. 돈 싫어하는 사람은 없어요."

왕실 사람들은 왕궁에서 일하는 사람들에게 자주 선물을 주고는 했다. 넓은 의미에서 보면 팁이나 마찬가지였다.

돈은 어디에서나 사람들과 친숙해질 수 있는 윤활유 역할을 한다.

"이번에 스카이 포레스트 유럽 지사를 설치하신다면서요?"

"여유가 생겨서 유럽 지사를 만들려고 합니다."

"덴마크에요?"

"덴마크도 유력 후보지 가운데 한 곳입니다."

차준후는 이번 기회에 유럽 각국의 유치 조건을 들어볼 생각이었다.

많은 국가의 고위 관료들이 몰려오는 지금이 적기였다. 여러 조건을 들어 본 다음에 마음에 드는 국가에 유럽 지사를 설립할 생각이었다.

마그레테가 가볍게 웃었다.

자신의 앞에서 듣기 좋으라고 하는 말이 아닌, 있는 그대로 말하는 차준후의 모습이 보기 좋았다.

"어떻게 하면 덴마크에 유럽 지사를 만드실 건가요?"
"그건 덴마크가 고민해야 할 문제입니다."

선제시는 차준후가 아닌 덴마크에서 해야 한다.

스카이 포레스트가 먼저 무언가를 요구하며 안달할 필요가 없었다. 덴마크에서 제시한 조건이 마음에 들지 않으면 그냥 다른 국가와 거래하면 그만이었다.

덴마크에서 차관을 받긴 했지만, 그것은 별개의 거래였다.

SF 우유와 SF 목장이 성공적으로 성장할수록 대한민국 낙농업에서 덴마크가 차지하는 비중은 점점 올라가고 있었다.

사업을 확장할 때마다 추가 설비는 덴마크에서 수입해 와야 했기에, SF 우유와 SF 목장의 성장은 곧 덴마크의 수출액 상승으로 이어졌다.

그러니 이것을 이유로 LNG 운반선 건조 기술까지 덴마크에게 무조건적으로 제공해 줄 이유는 없었다.

"차준후 대표가 만족할 만한 조건을 고민해 볼게요."

마그레테는 전혀 서운해하지 않았다. 덴마크에게 우선 협상권을 준 것만으로도 이미 충분히 만족스러웠다.

정치와 사업은 일견 비슷한 면이 있었다.

덴마크의 공주이자 왕위 계승자로서 수많은 인간군상을 겪으며 정치를 배우고 있는 그녀는 일에 사사로운 감정이 섞여선 안 된다는 걸 익히 알고 있었다.

감정이 섞인 일은 후회를 하게 되는 경우가 많았고, 상대방과의 관계마저 무너뜨리기도 했다.

상대방과 우호적인 관계를 계속 이어 나갈 생각이라면 그에 합당한 대가를 제시해야만 했다.

"다만 한 가지 부탁이 있어요."

"무엇입니까?"

"저희가 처음에 제안한 조건이 마음에 들지 않으시더라도 한 번만 더 기회를 주세요. 다른 나라들의 제안을 모두 들어 보신 후, 마지막으로 덴마크와 다시 한번 이야기를 나눠 주셨으면 해요. 그 정도는 가능할까요?"

"예, 알겠습니다. 덴마크는 제게 가장 먼저 우호를 보여 준 국가니까요. 그 정도는 어렵지 않죠."

차준후가 흔쾌히 부탁을 들어주기로 했다. 딱히 손해를 보는 것도 아니었으니 들어주지 못할 이유가 없었다.

두 사람의 대화를 듣던 제임스 보위가 조용히 미소 지었다. 차준후도 제임스 보위를 보면서 같이 웃었다.

일전에 제임스 보위도 차준후에게 똑같은 부탁을 한 적이 있었기 때문이다.

차준후가 마그레테의 부탁을 고민도 없이 흔쾌히 받아들인 것은 그날의 부탁 때문이기도 했다.

"부탁을 들어주셔서 고마워요. 어제 그림들을 보시면

서 즐거운 시간을 보내셨다면서요? 어떤 그림이 가장 마음에 들던가요."

"하나를 딱 고르기 어렵군요. 하나같이 정말 마음을 울리는 명작들이었습니다."

진심이었다. 별장 곳곳을 장식하고 그림들을 비롯한 다양한 예술품들 모두 차준후에게 큰 감명을 주었다.

"원하시는 작품 하나를 선물로 드릴게요."

"네? 아니, 너무 큰 선물입니다."

"부담 갖지 말아 주세요. 차준후 대표가 약속한 기회는 그 이상의 가치를 지니고 있으니까요."

이미 덴마크 국왕에게도 사전에 허락을 받은 사안이었다.

국왕은 아끼던 예술 컬렉션에서 하나가 빠져나간다는 사실에 무척이나 마음 아파했지만, 마그레테가 어떠한 의도로 이야기를 꺼낸 것인지 잘 알았기에 허락할 수밖에 없었다.

덴마크 왕실에서 보관 중인 예술품들은 하나같이 돈이 많다고 해서 살 수 있는 것들이 아니었다. 하나하나가 세상 그 무엇과도 비교할 수 없는 가치를 지닌 작품들이었다.

그러나 그것은 차준후의 호의도 마찬가지였다.

아니, 오히려 그 어떠한 명작들보다도 차준후의 호의가 더욱 값졌다.

차준후의 회의는 나라의 국익과 국민들의 편의로 이어질 수 있었으니, 제아무리 귀중한 예술품이라고 한들 그 가치를 비교할 수 없었다.

그렇기에 마그레테는 차준후에게 어떤 예술품을 주더라도 결코 아깝지 않았다.

'이때도 크게 다르지 않았구나.'

마그레테, 정확히는 마그레테 2세는 여왕으로 즉위한 이후 덴마크 왕실을 현대화하며 국민들에게 큰 호평을 받았던 여왕이었다.

그녀는 정해진 틀에 얽매이지 않고 철저히 실용성을 따지며 파격적인 행보를 보였다.

그런데 이제 보니 그것은 젊은 시절에도 크게 다르지 않은 타고난 성향인 듯했다.

선물이라고 말은 했지만, 사실상 뇌물이지 않은가.

공주가 직접 나서서 로비를 한다는 건, 어찌 보면 왕실의 격을 떨어뜨리는 행위라고 볼 수도 있었다.

그런데 마그레테는 그러한 남의 시선 따위는 크게 개의치 않는 것이었다.

"음…… 그러면 알겠습니다. 감사히 받도록 하겠습니다."

차준후도 자신이 준 기회가 얼마나 큰 가치를 지녔는지 잘 알았기에 더 이상 사양하지 않기로 했다.

'영식이가 뭘 좋아하려나.'

명작을 볼 때마다 실력이 쑥쑥 늘어나는 예술천재 전영식이었다. 차준후는 기왕이면 전영식도 좋아할 만한 작품으로 골라 갈 생각이었다.

 그렇게 선물을 주고받으며 분위기는 더욱 화기애애해졌다.

 이후 식사를 모두 끝마친 그들은 이어서 티타임을 가지며 대화를 나누었다.

* * *

 별장 안은 봄날처럼 따뜻한 분위기를 연출하고 있었는데, 별장 밖은 마치 시베리아 벌판처럼 싸늘한 분위기가 감돌았다.

 왕실 별장 밖 정문 근처에 고급스러운 차량들이 줄지어 늘어서 있었다.

 "영국 외교부 장관께서 도착했다고 다시 한번 안에 연락을 해 주십시오. 벌써 세 시간이 넘게 대기하고 있습니다."

 영국 관료가 정문의 근위대 장교에게 하소연했다.

 영국의 외교부 장관은 유럽 어디를 가더라도 대우를 받는 거물이었다. 그런데 지금은 차 안에서 몸을 구긴 채 세 시간이나 막연히 기다리고 있었다.

"연락하겠습니다. 기다려 주십시오."

덴마크 근위대의 장교가 딱딱하게 대응했다.

여기는 덴마크의 왕실 별장이었다. 안에서 허락을 하지 않는 이상 영국의 여왕이 온다고 해도 안으로 들어설 수 없었다.

"아까 전에도 연락을 하겠다고 하지 않았소?"

"죄송하지만 아직까지 진입 허가에 대한 연락이 없습니다."

근위대 장교의 임무는 별장을 지키는 것. 안에서 허락이 떨어지지 않았기에 외교부 장관을 내부로 진입시키지 않았다.

내심 걱정이 되기는 했다.

덴마크와 영국 사이에 정치적으로 마찰이 불거질 수도 있었으니까.

그렇지만 그런 정치적인 문제는 그가 고민할 문제가 아니었다. 군인은 위에서 내려온 명령을 철저히 수행하면 그만이었다.

"차준후 대표에게 말이라도 전해 주시오. 덴마크가 임의적으로 접근을 차단하고 있다면 문제가 심각해질 수 있다는 걸 명심하시오."

어떤 루트로 확인한 정보인지는 모르겠지만, 영국은 덴마크 왕실 별장에 차준후가 머무르고 있음을 확신하고 있었다.

"그 부분에 대해서는 어떠한 말씀도 드릴 수 없습니다."

근위대 장교는 별장 내에 누가 머무르고 있는지 유추할 수 있는 만한 그 어떠한 대답도 할 생각이 없었다.

별장에 머무르는 귀빈에 대해선 일절 발설하지 않는 것이 그의 의무였다.

그것은 영국의 외교부 장관이 아닌 다른 누구라도 마찬가지였다.

실제로 영국의 외교부 장관과 마찬가지로 별장 밖에서 대기하고 있는 프랑스의 고위 관료, 서독의 정치인, 주덴마크 미국 대사관에게도 똑같은 대답을 했다.

마그레테 공주에게 외부의 접근을 모두 차단하라고 지시를 받은 그였다.

이 왕실 별장의 진짜 주인인 덴마크의 국왕 폐하라도 오시지 않는 한, 별장의 문이 열리는 일은 없을 것이었다.

"하아! 정말 답답하군요."

엄포를 놨던 영국 관료가 결국 물러서고 말았다.

차준후와의 만남을 독차지하고 있는 덴마크의 행보가 괘씸해서 강하게 압박해 보았지만, 통하지 않으면 사실 어쩔 도리가 없었다.

그때였다. 또 다른 차량 한 대가 모습을 드러냈다. 그 차량에는 일본 국기가 펄럭이고 있었다.

차량이 정문에서 멀지 않은 곳에 정차했고, 조수석에서 한 사람이 내려섰다.

"안녕하십니까. 덴마크 주재 일본 대사인 나가미 야스마사께서 차준후 대표와 대화를 원하고 있습니다. 안쪽에 연락을 부탁드리겠습니다."

일본 대사관의 직원이 정중하게 부탁했다.

"그 부분에 있어서는 드릴 말이 없습니다."

"네? 무슨 말씀입니까?"

"말 그대로입니다. 그와 관련해서는 어떠한 대답도 드릴 수 없습니다."

"스카이 포레스의 차준후 대표가 안에 있다는 걸 알고 찾아왔습니다. LNG 운반선에 대해 이야기를 나누고 싶다고 전해 주시기만 하면 됩니다."

"다시 한번 말하지만 그 부탁은 들어 드릴 수 없습니다."

근위대 장교가 딱 잘라 선을 그었다.

방금 전 물러났던 영국 관료가 일본 대사관 사람이 거절당하는 모습을 보면서 역시나 하는 표정을 지었다.

영국이 하지 못한 걸 일본이 해낼 리 없었다.

"이러시면 곤란합니다. 나가미 야스마사께서 차준후 대표와 사업적으로 긴밀하게 나눌 대화가 있단 말입니다."

덴마크 주재 일본 대사가 뭐가 대단하단 말인가.

지금 차준후를 만나기 위해 기다리고 있는 각국의 대사

들이 즐비했다. 그리고 대사보다 높은 관료인 영국의 외교부 장관은 세 시간 넘게 대기하고 있었다.

"그건 제가 알 바가 아닙니다. 물러나십시오."

근위대 장교가 단호하게 이야기했다.

결국 원하는 성과를 거두지 못한 일본 대사관 직원은 뒤로 물러날 수밖에 없었다.

'또 왔네. 귀빈이 정말 대단한 사람이구나.'

근위대 장교는 오늘 하루 무척이나 바쁠 것 같았다. 저기 또 다른 나라의 국기를 단 차량이 주차하고 있는 모습이 보였기 때문이었다.

차에서 내리는 사람은 머리 위에 터번을 쓰고 있었다.

제3장.

업적

업적

 왕실 별장 밖이 요란할 때, 티타임을 가지고 있는 테이블에도 긴장감이 흘렀다.
 차준후가 중요한 본론을 꺼냈기 때문이었다.
 "LNG 운반선에 대한 검증을 해 봐야 하지 않겠습니까?"
 LNG 운반선을 떠올렸을 때부터 열심히 LNG 탱크에 대한 국제특허 서류를 작성했다. LNG 탱크를 만들 금속 소재와 비율 등 우회할 수 있는 특허들에 대한 부분도 꼼꼼하게 신경을 썼다.
 무려 21세기까지 각국은 LNG 운반선의 핵심인 저장탱크 특허를 우회하는 방법을 찾아내지 못한다.
 조선 강국으로 거듭나는 대한민국조차도 독자적인 기

술로 LNG 탱크를 만들었다가, 결함이 발생하여 수천억 원의 달하는 엄청난 손실을 입기도 했다.

이런 특허가 차준후의 손에서 일찌감치 만들어진 것이었다.

한시라도 서둘러 달라는 차준후의 부탁에 김운보 변호사가 국제특허를 등록하기 위해 바쁘게 돌아다녀야만 했다.

그렇지 않아도 먼저 말을 꺼낼까 고민하고 있던 마그레테가 반색하였다.

별장으로 오기 전 기초적인 검토를 한 바 있었다.

이번 사업은 덴마크의 국운을 걸 정도로 중요한 사업이었기에 단순히 차준후의 말만 믿고 달려들 수는 없었.

그렇지만 대답을 신중하게 해야만 했다. 차준후가 불쾌하게 생각할 수도 있었으니까.

어떻게 대답해야 할지 고민하는 그녀를 보면서 차준후가 다시금 이야기했다.

"엄청난 자본과 고도의 기술이 들어가야만 하는 사업입니다. 기술력 및 안정성을 검증해 보는 건 당연하지요. 저도 덴마크의 기술력이 뒷받침되는지 확인해 봐야 하고요."

연계된 사업들까지 모두 합치면 수천만 달러, 아니 수억 달러가 들어갈지도 모르는 사업이었다.

제대로 된 검증조차 해 보지 않고 무작정 그 천문학적인 자본을 투입할 수는 없었다.

그리고 그렇기 때문에 차준후가 덴마크까지 직접 온 것이기도 했다.

대한민국에서 독자적으로 검증을 끝내고 건조에 들어갈 수 있었다면, 오덴세 조선소와의 협력은 조선소를 세우는 데서 그쳐도 상관없었다.

하지만 1961년의 대한민국 기술력으로는 독자적으로 LNG 탱크를 만드는 게 무리라고 판단됐기에 충분한 기술력을 갖춘 조선 선진국과의 협력이 필수였다.

마그레테가 자신 있게 말했다.

"덴마크의 기술력은 세계 최고라고 자부할 수 있어요. 그리고 지금 말씀하신 부분은 산업기술연구소라면 분명 검증해 볼 수 있을 거예요."

덴마크 산업기술연구소는 전 세계에서 LNG 운반선 연구가 가장 앞서 나가는 곳 중 한 곳이라 해도 과언이 아닌 곳이었다.

마그레테는 이곳에서 불가능하다면 다른 어느 나라의 연구소에서도 마찬가지로 불가능할 것이라 여겼다.

하지만 그뿐, 검증할 수 있으리라는 확신을 갖는 것은 어려웠다.

아직 세상에 제대로 정립되지 않은 기술을 검증하는 것

이었다. 자신 있게 말하긴 했지만 마그레테는 내심 걱정이 되기도 했다.

어느 누구라도 같은 상황이라면 똑같은 심정일 터였다.

그러나 차준후는 달랐다.

"직접 연구소의 설비를 확인해 봐야겠지만, 이미 LNG 운반선에 대한 연구를 진행하고 있던 곳이라면 한결 수월하겠군요."

전 세계의 누구도 완성하지 못한 기술을 검증하는 것이었으나, 차준후는 마치 어려움의 차이가 있을 뿐 성공을 확신하는 듯 담담한 모습이었다.

'이 남자, 확실히 달라!'

그런 차준후의 모습이 마그레테의 눈에는 무척 거대하게 보였다.

세계가 놀랄 일을 아무렇지도 않게 벌이며 저토록 여유로운 모습이라니?

지금 왕실 별장 밖에는 각국의 관료들이 몰려와서 난리인 상황이었다.

아니, 전 세계가 차준후를 주목하며 기대하고 있었다.

보통 사람이라면 그 무게감에 짓눌려 긴장할 법도 하건만, 차준후에겐 그러한 모습이 전혀 없었다.

"아, 그러면 밖에서 기다리고 있는 분들도 함께 덴마크 산업기술연구소로 이동하면 좋겠군요."

기술의 가치는 실증의 유무에 따라 크게 달라진다.

지금 별장 밖에 찾아온 이들이 준비해 온 조건도 크게 달라질 테니, 차라리 기술 검증까지 확인시켜 준 후에 대화를 나누는 편이 시간 낭비가 없을 터였다.

"실비아 비서실장님, LNG 탱크 제작 서류를 건네주세요."

"네."

실비아 디온이 들고 있던 작은 가방에서 서류들을 꺼냈다.

"예. LNG 운반선을 만드는 데 필요한 핵심 기술 중 탱크를 만들기 위해 필요한 것들을 정리한 서류입니다. 덴마크의 산업기술연구소로 전달 부탁드리겠습니다."

국제특허 출원은 이미 끝마친 상태였다.

또한 LNG 선박에 있어서 최고의 자리에 오른 21세기 대한민국조차 해내지 못한 특허 우회를 이 시대의 덴마크가 해낼 가능성은 전무했다.

그리고 설령 덴마크에서 허튼수작을 부리려 한들, 탱크를 만들 수 있는 것만으로 LNG 운반선이 완성되는 것은 아니었다.

그랬기에 차준후는 아무런 거리낌 없이 LNG 운반선을 만들기 위한 핵심 기술 자료를 마그레테에게 건넬 수 있었다.

실비아 디온에게 서류를 건네받은 마그레테의 손이 덜덜 떨렸다.

가벼운 종이 뭉치에 불과했지만, 그 안에는 덴마크의 국운을 좌지우지할 정도의 내용이 담겨 있었기에 마치 돌덩이가 짓누르는 듯한 무게감이 느껴졌다.

"최대한 빨리 검증할 수 있도록 할게요."

마그레테가 의욕을 불태웠다.

그리고 그녀의 말처럼 그 시간은 빨리 찾아왔다.

실제 LNG 운반선의 탱크를 만드는 것이 아닌, 검증을 위한 소형 시제품을 만드는 것이었기에 가능한 일이기도 했지만 이유는 그뿐만이 아니었다.

유럽인들은 결코 정해진 일과 시간을 넘겨서 일하는 걸 선호하지 않았다.

그러나 마그레테를 통해 LNG 운반선의 탱크를 만들 수 있는 기술이 정리된 서류를 전달받은 덴마크 산업기술연구소의 연구원들은 그날부터 집에 갈 생각조차 하지 않았다.

길게는 수년을 매진했음에도 방법을 찾지 못해 골치를 아파했던 그들이었다.

그런데 세계 최초로 LNG 운반선의 탱크 제조 기술을 접하고, 만들어 볼 기회를 손에 넣게 되었으니 잠이 올 리가 없었다.

그들은 밤낮을 가리지 않고 미친 듯이 일을 해서 순식간에 LNG 운반선의 탱크 제작 기술을 검증하기 위한 준비를 끝마쳤다.

물론 이는 덴마크 산업기술연구소가 오랜 기간 LNG 운반선에 대한 연구를 진행하며 상당한 기술을 축적하고 있었기에 가능한 일이었다.

* * *

둥그렇고 텅 빈 공간의 천장이 은빛으로 반짝거리고 있었다.

초저온 상태에서 급격히 수축되는 것을 막기 위해 은빛 플레이트들이 규칙적으로 배열되어 있었다. 마치 욕실의 타일들처럼 십자 모양의 주름을 형성한 모습이 인상적이었다.

"규모가 얼마죠?"

차준후가 탱크 내부를 천천히 둘러보며 물었다.

"높이 4미터, 지름 7미터 규모입니다."

산업기술연구소장이 대답했다.

"생각보다 크지는 않네요."

"시제품으로써 기능을 확인할 수 있는 최소 크기로 제작하였습니다."

"착오는 없으시겠죠?"

차준후가 알고 있는 것은 어디까지나 이론에 대한 것으로, 설비를 보고 눈으로 파악하는 데에는 다소 어려움이 있었다.

그가 기술한 서류를 토대로 빠짐없이 진행한 것이라면 문제가 없을 테지만, 만일 하나라도 누락한 것이 있다면 심각한 결함이 발생할 것이었다.

최악의 경우에는 극저온의 LNG를 감당하지 못한 탱크가 폭발할 수도 있었다.

"물론입니다. 몇 번이나 확인 과정을 거쳤습니다."

산업기술연구소장의 표정이 무척이나 딱딱했다.

오랜 시간 산업기술연구소에서 LNG를 연구했던 그는 이번 실험이 얼마나 중요한 일인지 누구보다 잘 이해하고 있었다.

만약 자신의 실수로 실험에 실패한다면 감당할 수 없는 책임을 묻게 될 터였다.

심지어 마그레테 공주뿐만 아니라 각국의 관료들까지 모인 자리였으니 긴장이 되지 않을 수 없었다.

그러나 산업기술연구소장의 표정이 딱딱하게 굳은 것은 그 이유뿐만은 아니었다.

그동안 수많은 연구를 거듭했지만 어떻게 해도 극저온의 LNG는 선체에 영향을 주었다.

각 분야의 천재라 불리는 이들이 모여 수년의 시간을 쏟아부었음에도 도무지 그 문제를 해결하지 못했다.

그런데 갑자기 그 문제를 단숨에 해결한 진짜 천재가 떡하니 눈앞에 등장했다.

산업기술연구소장의 눈에 비친 차준후는 그야말로 빛이 나고 있었다.

"최대 크기는 어느 정도까지 구상하고 계십니까?"

산업기술연구소장은 궁금했던 걸 물었다.

LNG 분야에서는 세계 권위자라 해도 부족함 없는 그였으나 차준후의 앞에서는 무척이나 겸손했다.

"음…… 대형 여객기가 두 대 정도 들어갈 수 있는 크기까지 생각하고 있습니다. 더 정확히는 약 지름 86미터, 높이 38미터 규모입니다."

"헉! 그 정도 규모에서도 액화천연가스가 극저온의 상태를 안정적으로 유지할 수 있다는 겁니까?"

차준후는 고개를 끄덕였다.

가능했다. 실제로 미래에 대한민국에는 그 크기의 탱크가 설치된 LNG 터미널이 완성된다.

"아, 그리고 대표님께서 구상하신 탱크는 선체 일체형 탱크이지 않습니까? 독립식으로는 LNG 탱크를 만들 수 없는 건가요?"

전 세계의 연구소에서 연구 중인 것은 차준후가 덴마크

산업기술연구소에 공유해 준 멤브레인식 탱크가 아닌, 독립식 모스형 탱크가 주를 이루었다.

멤브레인식 탱크를 연구 중인 곳도 물론 있었지만, 그 연구가 성공으로 이어지는 곳은 매우 적었다.

"그렇지 않습니다. 독립식으로도 LNG 탱크를 만들 수 있습니다. 오히려 더 쉬울 테죠."

"예? 그러면 왜 일체형 탱크를……."

"멤브레인식 LNG 운반선이 여러모로 더 우수하다고 판단했기 때문입니다."

물론 차준후가 이 분야의 전문가는 아니었기에 무엇이 더 좋다 평가하는 건 어려운 일이었다.

그러나 그가 기억하고 있는 단적인 지식으로는 멤브레인 탱크를 제작할 수 있다면, 구태여 만들지 않을 이유가 없었다.

우선 멤브레인식 탱크가 일체형 탱크보다 안전성에서 우위이며, 천연가스 냉각 공정에 있어서도 증발량이 적고 평형 온도에 도달하기까지 시간도 짧았다.

그리고 마지막으로 적재량에서 압도적으로 우월했다.

다른 여러 가지 차이가 있겠지만, 크게는 이것들만 따지고 보더라도 멤브레인식이 우월하다는 것이 차준후의 판단이었다.

"상대적인 문제라는 거군요……."

짧은 설명이었지만 이 분야의 전문가였던 산업기술연구소장은 그것만으로도 차준후의 뜻을 이해할 수 있었다.

"하…… LNG에 대해 누구보다 잘 안다고 자부해 왔습니다만 저는 아직 멀었군요. 앞으로도 대표님께 많은 걸 배우고 싶습니다."

산업기술연구소장은 자신도 생각지도 못한 규모를 아무렇지도 않게 말하는 차준후를 보며 감탄을 토했다.

이 천재에게 하나라도 더 많이 배우고 싶다는 학자로서의 열망이 가슴속에서 솟구쳤다.

하지만 차준후는 재빨리 고개를 가로저었다.

"앞으로의 개발은 소장님과 같은 이 분야의 전문가분들께 맡기고자 합니다."

차준후는 이곳에 오기 전에 덴마크 산업기술연구소장의 이력을 조사해 두었다.

그리고 겉보기엔 옆집 중년 아저씨같이 생긴 산업기술연구소장이 세계적인 LNG 권위자로서 미국 최고의 공대에서 교수직을 지낸 적 있을 뿐 아니라, 노벨화학상 후보까지 오른 적 있는 인물임을 알게 되었다.

이런 인물과 대화를 나누며 LNG 운반선에 깊이 파고들면 결국 차준후의 지식은 바닥을 드러낼 수밖에 없었다.

그가 기억하는 현대의 기술을 넘겨주기만 해도 이후 LNG 운반선의 건조는 순조롭게 진행될 터였다.

이제는 슬슬 발을 뺄 때였다.

"아! 믿고 맡겨 주신다면 최선을 다하겠습니다!"

무슨 착각을 한 것인지 산업기술연구소장은 감격에 찬 표정을 지었다.

이후로도 그는 차준후에게 몇 가지 질문을 던졌고, 차준후가 대답을 할 때마다 감탄을 토하기 바빴다.

노년의 나이에도 산업기술연구소장은 열정이 넘쳤다.

그렇게 질문이 반복되자 차준후는 슬슬 난처해지기 시작했다.

"그 부분은 앞으로 실험을 하며 알아 가는 재미가 있지 않을까요?"

"아! 맞습니다. 그렇죠. 이런 부분까지 연구의 재미인 건데, 대표님과 조금이라도 더 대화를 나누고 싶다 보니 저도 모르게 그만……."

산업기술연구소장이 자책했다.

이건 어찌 보면 처음부터 끝까지 차준후에게 떠먹여 달라고 한 셈이기도 했다.

연구원이라는 자신의 소임을 뒤로한 것이나 다를 바 없었기에 자책하지 않을 수 없었다.

차준후로서는 산업기술연구소장이 알아서 좋게 해석해 주니 다행인 일이었다.

그런데 뒤이어 차준후가 내심 웃음을 지을 수밖에 없는

상황이 벌어졌다.

"이다음은 저희가 하나하나 직접 연구해 확인해 보도록 하겠습니다!"

"맡겨 주십시오!"

차준후와 산업기술연구소장의 뒤를 따르던 산업기술연구소의 다른 연구원들도 다들 고개를 끄덕이며 힘차게 소리치고 있었다.

덴마크 산업기술연구소의 연구원들은 수년, 길게는 수십 년을 연구만 하고 살아온 이들이었다.

그리고 그들이 그렇게 연구를 시작한 이유는 무언가 탐구하고 알아 가는 과정 자체를 즐거워했기 때문이었다.

그런데 언제부터인가 그들은 연구라는 과정이 아닌, 결과라는 실적에만 목을 매고 있었다.

지금 차준후의 한마디에 그들은 마치 개안을 하는 듯한 느낌을 받았다.

반면 차준후는 단순히 대답을 회피하기 위해 적당히 둘러댄 것인데 이들이 이렇게까지 반응하니 다소 당황스러웠다.

"아니, 자책하실 필요까지는……."

"아닙니다. 오히려 제 자신을 돌아보는 계기가 되었습니다. 감사합니다, 대표님."

산업기술연구소장은 도리어 감사를 표했다.

덴마크에서까지 차준후를 오해하는 사람들이 늘어나 버렸다.

그 모습을 지켜보던 다른 이들은 차준후의 속내도 모른 채 감탄을 하고 있었다.

'정말 대단해.'

'세계적 권위자인 연구소장님을 가르치고 있어.'

'역시 우리 대표님!'

차준후와 연구소장 사이에서 전문적인 대화가 이뤄지는 사이, 마그레테와 실비아 디온 등을 비롯한 일행들은 그저 침묵하고 있었다. 아는 바가 적어서 대화에 참여할 수가 없었던 탓이었다.

"큼큼. 밖에서 기다리시는 분들이 계시니 이만 나가죠."

사람들의 감탄 어린 시선이 거북한 차준후가 서둘러 LNG 탱크 밖으로 향했다. 이미 수차례나 겪은 상황이었지만 좀처럼 익숙해지지 않았다.

차준후가 밖으로 나가자 다른 이들도 그 뒤를 따라 탱크에서 나왔다.

밖으로 나오자 LNG 탱크를 감싸고 있는 선체와 그 주변으로 연결된 수많은 강관 파이프가 시야에 들어왔다.

시제품이기에 실제로 제작될 LNG 탱크에 비하면 현저히 작은 사이즈였지만, 크기만 다를 뿐 기능을 온전히 재현하기 위해 선박의 형태까지 완전히 똑같았다.

대부분은 연구소에 기존에 있던 것을 사용한 것이겠지만, 그렇다 하더라도 이 짧은 시간 내에 이런 환경을 조성했다는 것은 대단한 일이었다.

그에 차준후가 내심 감탄하고 있을 때였다.

"차준후 대표님! 한 말씀 부탁드립니다!"

"역사적인 순간인데 그냥 지나치시지 말고 인터뷰 좀 부탁드립니다!"

"잠시 포즈 좀 취해 주세요! 멋지게 찍어 드리겠습니다!"

덴마크 공영 방송국과 신문기자들, 그리고 각국에서 몰려든 언론 관계자들이었다.

그들은 차준후 일행이 탱크 밖으로 나오자 마치 먹이를 발견한 것처럼 날뛰었다. 차준후의 사소한 말 한 마디라도 마이크에 담기 위해 난리였다.

만약 이번 LNG 탱크 실험이 정말 성공한다면?

그야말로 세계적인 순간이었다.

그리고 실패를 한다고 하더라도 언론 관계자들로서는 특종이었다.

어떤 결과가 나오더라도 그들 입장에서는 나쁠 것이 없었기에 이번 사안에 혈안이 될 수밖에 없었다.

하지만 차준후 일행 주변을 감싸고 있는 덴마크 경찰과 경비원들에 의해 그들은 일정거리 이상 접근하지 못했다.

"물러나 주세요!"

"차후 공식적으로 기자회견이 있을 예정이니, 궁금하신 점은 그때 물어봐 주시기 바랍니다."

"정해진 선에서 벗어나시면 퇴장 조치를 취할 수밖에 없습니다!"

경찰과 경비원들이 날뛰는 언론 관계자들 때문에 곤욕을 치르고 있었다.

원래는 예정에 없던 취재였다.

덴마크 정부에서는 혹시 모를 실패를 대비해서 취재를 허용하지 않으려 했다.

하지만 LNG 운반선과 실험이 진행될 것이란 소문이 쫙 퍼진 상태였기에 연구소 밖에 언론 관계자들이 쫙 늘어섰다.

덴마크에서 감추려고 해도 숨길 수 있는 일이 아니었다.

그런데 실패할 경우 가장 큰 타격을 받을 차준후가 취재를 허용하자고 건의했다. 결국 덴마크 정부는 차준후의 의견을 받아들였다.

"기자회견은 실험 성공 이후에 정식으로 하겠습니다."

차준후가 웃으며 언론 관계자들을 지나쳤다.

지금 붙잡혔다가는 홍수처럼 쏟아지는 질문들로 많은 곤욕을 치러야만 한다는 걸 잘 알았다. 그렇기에 차준후와 일행들이 언론 관계자들의 앞을 지나쳐 움직일 때였다.

"기다리고 있을게요."

"꼭 기자회견 해 주셔야만 해요."

언론 관계자들이 기꺼운 마음으로 기다렸다. 그들은 좋은 기사만 얻을 수 있다면 하루 종일이라 해도 기다릴 수도 있었다.

'어라? 켈리 마리아?'

차준후가 친숙한 CBC 방송국 뷰티 월드의 기자를 발견하곤 놀랐다.

LNG 탱크를 실험하는 자리에 뷰티 방송 프로그램의 기자가 왜 이곳에 온 거니?

차준후와 시선을 마주친 켈리 마리아가 환하게 웃고 있었다.

살짝 고갯짓으로 인사를 건넨 차준후는 이내 다시 걸음을 옮겼다.

"컨트롤 센터로 모시겠습니다."

산업기술연구소장의 안내에 따라 차준후 일행은 언론 관계자들을 피해 움직였다.

컨트롤 센터는 LNG 탱크에 정상적으로 작동하는지 상태를 면밀하게 살펴볼 수 있는 지휘소였다.

그곳에는 수많은 설비와 그를 담당하는 엄청난 수의 연

구원들이 배치되어 있었다.

컨트롤 센터에 도착한 차준후 일행이 내부를 둘러보던 그때, 어떤 이들이 그들을 향해 다가왔다.

"반갑습니다, 차준후 대표님. 영국의 외교부 장관, 찰스 바클리입니다. 편하게 찰스라고 불러 주시면 됩니다."

"안녕하십니까. 미국 상무장관 마크 우즈입니다. 이렇게 만나 뵙게 되어서 영광입니다."

"덴마크 주재 일본 대사 나가미 야스마사입니다. 덴마크에서 같은 아시아인을 만나 정말로 기쁩니다."

컨트롤 센터로 들어선 차준후에게 많은 사람들이 인사를 건네 왔다. 왕실 별장 앞에서 대기하고 있던 각국의 관계자들이 모여 있다가 차준후를 반긴 것이었다.

한쪽에는 바이든을 비롯한 오덴세 조선소의 사람들도 보였다. 높은 관료들에게 밀린 그들은 앞으로 나와서 아는 체를 하지 못하고 눈짓으로만 인사를 건네 왔다.

그런데 정영주를 비롯한 대현그룹 사람들의 모습은 보이지 않았다.

대현그룹 사람들은 이 역사적인 순간을 함께하고 싶어 했지만, 정영주가 그럴 시간에 조선소를 한시라도 빨리 세울 수 있도록 힘써야 한다며 그들을 다그친 탓이었다.

불도저 정영주는 참으로 대단한 양반이었다.

그것은 차준후가 실패할 리가 없다는 완전한 신뢰가 있

기에 가능한 일이었다.

"아, 반갑습니다. 스카이 포레스트의 차준후입니다."

"LNG 탱크 기술 시현에 참석할 수 있도록 허락해 줘서 고맙습니다."

"기념비적인 순간을 함께할 수 있어 정말 영광입니다."

"정말 뜻깊은 자리입니다. 전 세계 모든 이가 차준후 대표 덕분에 새로운 에너지를 마음껏 누릴 수 있게 되는 순간이니 말입니다."

사람들이 앞다퉈서 차준후에게 좋은 이야기를 건넸다.

"감사합니다. 하지만 지금의 이야기는 실험이 성공적으로 끝난 후에 듣도록 하겠습니다."

차준후가 호기롭게 이야기했다.

어떻게든 이번 사업에 한 발 걸치고자 다급한 심정은 이해하지만, 모든 일에는 순서가 있는 법이었다.

그리고 어차피 실험을 성공적으로 끝마치기 전에 듣는 이야기들은 아무런 의미도 없었다.

이들과의 본격적인 조건 협의도 기술 검증을 모두 끝마친 후에야 제대로 시작될 터였다.

"연구소장님."

"네."

"실험은 언제 시작 가능합니까?"

"준비는 모두 끝마쳤습니다. 언제라도 가능합니다."

"그럼 바로 시작하시죠."

차준후가 이야기했다.

꿀꺽!

긴장한 산업기술연구소장이 침을 꿀꺽 삼켰다.

컨트롤 센터에 모인 모든 이는 그에게 시선을 집중했다.

"시작하게."

"알겠습니다. 천연가스 주입!"

탱크에 천연가스가 주입되기 시작했다. 동시에 액체질소를 주입해서 탱크의 온도를 서서히 떨어뜨리기 시작했다.

"-20도. -70도."

"탱크 내부 압력 정상."

"외부로 가스 유출 감지되지 않습니다."

수많은 감시, 제어 장치에서 보내오는 수치들을 수많은 연구원들이 빠짐 없이 체크하고 있었다.

긴장감이 주변을 무겁게 짓누르는 가운데, 실험은 계속 이어졌다.

덴마크 산업기술연구소는 이러한 실험을 수없이 반복했지만, 그때마다 항상 실패를 맛보곤 했었다. 매번 처음은 정상적으로 실험이 진행됐지만, 끝에서 항상 문제가 터졌었다.

그 탓에 연구원들은 한시도 긴장을 놓을 수가 없었다.

하지만 계속해서 시간이 흘렀지만, 이상 반응은 일어나지 않고 실험은 순조롭게 진행되어 갔다.

"-140도. -165도. 평형 온도 도달했습니다."

"내부 압력은?"

천연가스를 냉각시키는 과정에서 온도 변화로 인하여 자연적으로 기화하는 천연가스가 발생한다.

그리고 이것은 탱크의 압력을 증가시키는데, 이걸 버티지 못하면 엄청난 대형 참사가 발생한다.

전 세계가 이것을 해결하지 못했기에 LNG 운반선을 건조하지 못한 것이었다.

"정상 수치입니다. 플레이트 특수합금 탱크가 잘 버텨주고 있습니다."

내부 압력이 붉은색 한계 수치까지 도달하지 않고 안전 수치 내에서 차분하게 머무르고 있었다.

"콜드스팟은?"

콜드스팟은 화물창 내가 극저온의 LNG로 인해 선체 온도가 정상 기준보다 낮아지는 현상을 일컫는다. LNG 운반선과 탱크 제작에 있어 가장 큰 문제 가운데 하나였다.

"탱크 내부 온도 정상입니다. 외부의 온도 역시 정상 수치를 나타내고 있습니다."

혹시라도 발생할 콜드스팟 문제를 해결하기 위해 스팀 히터까지 설치했는데, 무용지물이 되어 버렸다.

그러나 스팀히터를 사용하지 않게 됐다는 사실에 모든 연구원들은 도리어 웃고 있었다. 그만큼 LNG 탱크가 완벽하다는 소리였으니까.

 비록 외부인인 차준후의 도움을 받았지만 덴마크가 심혈을 기울인 국책 사업의 완성이 코앞에 다가온 것이었다.

 "다른 곳들은?"
 "이상 없습니다."
 "어떠한 문제도 보이지 않습니다."
 "정상입니다."
 "……아직 더 시간을 두고 지켜봐야겠습니다만, 현재까지는 성공적으로 판단됩니다."

 산업기술연구소장이 잠정적으로 실험 성공을 선언했다.

 그 선언에 모든 이들의 시선이 산업기술연구소장에게서 차준후에게로 향했다.

 일반적으로 연구란 실패를 거듭하며, 실패를 밑거름 삼아 문제점을 개선하여 성공으로 나아가는 것이었다. 몇 번의 실패를 하고 성공을 해도 충분히 대단했다.

 그런데 저 사내는 대체 뭐란 말인가?

 최빈국인 대한민국에서 제대로 된 실험조차 해 보지 못한 이론에 불과한 기술이었다.

 다들 차준후가 그동안 보여 왔던 업적 때문에 신빙성이

있다고 판단하긴 했지만, 한편으로는 의구심을 지니고 있었다.

그런데 차준후는 보란 듯이 단 한 번 만에 아무런 문제 없이 성공적으로 LNG 탱크 기술을 완성시켜 버렸다.

이 놀라우면서도 황당한 상황이 다들 믿기지 않아 얼떨떨해했다.

제4장.

북해 유전

북해 유전

실내에 잠시 정적이 흘렀다.

사람들이 한동안 말문을 열지 못하고 멍하니 차준후만 바라보았다.

"험!"

뻘쭘해진 차준후가 헛기침을 터트렸다.

그것이 신호가 됐다.

사람들이 차준후에게 몰려들었다.

"축하드립니다! 정말 대단한 업적입니다! 전 차준후 대표가 해낼 줄 알았어요!"

미국 상무장관 마크 우즈가 가장 먼저 정신을 차리곤 차준후에게 축하 인사를 건넸다.

이건 입에 발린 소리가 아니었다.

업적!

이건 그야말로 세계를 경악시킬 위대한 업적이었다.

본격적으로 LNG의 상용화를 가능케 하며, 세계 에너지 시장에 지각 변동을 일으킬 역사적 순간이 지금 눈앞에서 시작된 것이었다.

마크 우즈는 세기의 천재와 한자리에 있다는 사실만으로도 가슴이 벅찬 감동을 느꼈다.

물론, 그는 어디까지나 미국의 상무장관이었다. 짧은 감동을 끝마치고는 차준후에게 어떤 조건을 제시해야 할지, 어떻게 해야 미국 경제에 도움이 될지 계산기를 두들기기 시작했다.

"차준후 대표의 위대함은 제가 제일 먼저 알아봤습니다. 별장에 가장 먼저 도착한 사람이 바로 접니다."

찰스 바클리가 빠른 도착을 강조했다.

"차준후 대표님, 제가 덴마크 최고의 식당을 예약해 뒀습니다."

일본 대사도 차준후의 취미를 저격하고 나섰다.

LNG 산업에는 막대한 자본이 들어가는 만큼 그에 비례하여 엄청난 이득이 보장된다. 버려지던 천연가스를 상업적으로 활용할 수 있는 본격적인 시장이 열린 것이었다.

그리고 그걸 주도할 기술을 가지고 있는 사람이 바로 세기의 천재 차준후였다.

차준후의 눈에 드느냐에 따라 LNG 시장의 판도가 바뀔 수도 있었다.

* * *

언론 관계자들이 컨트롤 센터와 LNG 탱크를 번갈아 가면서 바라보고 있었다.
"어떻게 되어 가는 거야?"
"성공이냐? 실패냐? 그것이 문제로다."
"헛소리하지 말고 기다려 봐. 지금 저쪽 분위기가 나쁘지 않은 것 같으니까."
"그걸 어떻게 알아?"
"만약 실패였다면 컨트롤 센터의 사람들이 아주 바쁘게 움직였을 테니까. 직원들이 여유롭다는 건, 탱크 내부의 상태가 아직 예상한 대로 움직였다는 방증이지."
다소 긴장한 기색이 엿보이긴 했지만, 아직까진 연구원들의 모습에선 긴박함을 느낄 수 없었다. 만약 무슨 사고라도 벌어졌다면 분명 허둥지둥했을 터였다.
세계 각국에서 날아온 언론 관계자들은 하나같이 사회부에 속해 있었다.
비슷한 현장에 나와 본 경험이 있던 그들은 연구원들의 모습만으로도 대충 상황을 짐작해 냈다.

그러는 한편, 이곳에서 유일하게 사회부 소속이 아닌 이들이 있었다. 바로 CBC 방송국의 미용 방송 프로그램인 뷰티 월드의 제작진들이었다.

미국 굴지의 방송국인 CBC가 덴마크에서 진행될 실험을 취재하기 위해 사회부 팀이 아닌, 차준후와 인연이 깊은 뷰티 월드 제작진을 급파한 것이었다.

어차피 LNG가 생소한 것은 어느 팀이든 마찬가지일 테니, 차라리 전문성을 다소 포기하더라도 친분을 통해 차준후의 인터뷰를 따낼 가능성이 높은 뷰티 월드 제작진이 나으리라는 판단이었다.

"이야! 차준후 대표와의 친분 덕분에 이런 취재까지 다 해 보네."

켈리 마리아는 생각지도 못한 경험을 하게 된 것에 한껏 들떠 있었다.

그동안 취재를 위해 여러 국가를 돌아다닌 경험이 있는 그녀였지만, 그것은 어디까지나 미용과 관련된 분야에 국한되어 있었다.

그녀는 설마 자신이 전 세계가 주목하는 LNG 관련 실험을 취재하기 위해 세계적인 산업기술연구소에 오게 될 줄은 꿈에도 몰랐다.

"네 역할이 중요한 거 알지?"

제작 피디가 옆에서 이야기했다.

"어떻게든 차준후 대표와의 인터뷰를, 아니 단독 인터뷰를 따내 볼게요."

"너만 믿는다. 차준후 대표의 인터뷰만 성사시키면 사장님께서도 성과급을 두둑하게 주시고, 승진까지 시켜 주실지도 몰라."

차준후는 시청률의 보증 수표였다.

그런 차준후와의 단독 인터뷰를 따낼 수만 있다면 피디의 말대로 성과급은 물론이고, 승진까지도 충분히 꿈꿔 볼 수 있었다.

"맡겨 주세요."

켈리 마리아가 주먹을 불끈 쥐었다.

차준후와의 만남이 이렇게까지 깊고, 그리고 길게 이어질지 꿈에도 몰랐다. 최빈국인 대한민국까지 날아가서 직접 인터뷰하며 공들였던 것이 크게 돌아왔다.

닫혀 있던 컨트롤 센터의 문이 다시금 열렸고, 언론 관계자들이 소란스러워졌다.

"저기 찍어!"

"카메라 돌려!"

"공주님도 있어."

"미국 상무장관까지 와 있었구나."

이윽고 차준후가 모습을 드러냈고, 그의 양옆으로 실비아 디온과 마그레테가 자리하고 있었으며 그 뒤로는 미국의 상무장관과 영국의 외교부 장관을 비롯한 각국의 관료들이 우르르 뒤따랐다.

"차준후 대표님, 실험을 어떻게 됐습니까?"

"성공하신 것 같은데 지금 심정이 어떠십니까?"

"안녕하세요, 대표님!"

언론 관계자들은 차준후에게 달려들며 저마다 소리쳤다. 어떻게든 조금이라도 차준후에게 더 가까이 다가서고자 경찰과 경비원을 몸으로 밀어내는 이들도 있었다.

그러자 차준후는 잠시 걸음을 멈추고는 언론 관계자들을 천천히 훑어봤다.

그 순간, 켈리 마리아가 갑자기 손을 번쩍 들었다.

그 모습을 본 일부 기자들이 소리치던 걸 멈추고 재빨리 손을 들어 올렸다.

"아뿔싸!"

"이런 멍청한 짓을 벌이다니. 차준후의 인터뷰 방식을 잊어먹었다."

시장바닥처럼 시끄럽던 언론 관계자들이 조용해지기 시작했다. 그리고 저마다 켈리 마리아를 따라서 손을 번쩍 치켜들었다.

"가장 먼저 손을 든 켈리 마리아 기자님! 질문 받겠습니다."

차준후는 희미한 미소를 머금고는 켈리 마리아를 지목

했다.

"CBC 방송국의 켈리 마리아입니다. 질문할 수 있는 기회를 주셔서 감사합니다. 오늘 실험하신 게 LNG 운반선에 들어갈 탱크라고 알고 있습니다. 실험을 성공한 것인가요?"

"모든 지표가 안정권으로 나왔지만 아직 성공이라고 단정을 짓기에는 이릅니다. LNG 운반선에 들어갈 정도로 거대한 규모가 아니기 때문입니다. 지금의 작은 규모가 아닌, LNG 운반선에 들어갈 거대한 규모의 탱크를 실험해 봐야 최종적으로 성공 여부를 판단할 수 있을 겁니다."

"대표님의 개인적인 사견을 묻고 싶습니다. 앞으로의 결과를 어떻게 바라보고 있나요?"

"이번 실험에서 어떠한 문제도 발생하지 않았고, 그것은 이후 실험에서도 마찬가지일 것이라고 자신하고 있습니다. 이건 저만의 생각이 아닌, 이번 실험에 참여한 모든 연구원들의 공통된 의견입니다."

차준후가 담담하게 선언했다.

다시 한번 말하지만 검증된 기술이었다. 이 시대가 아니라 미래에서였지만.

제작에서 실수한다면 모를까, 기술 자체에는 어떠한 문제도 없었다.

덴마크 산업기술연구소의 연구원들은 성공적인 실험

결과에 잔뜩 고무되어 있었고, 곧장 대형 탱크의 제작에도 들어갈 것이라며 흥분해 있었다.

"새로운 에너지의 시대를 여신 걸 축하드려요. 다시 한번 세계를 들썩거리게 만드셨네요."

"감사합니다."

"세계 최초의 LNG 운반선 제작에 미국의 조선소들도 관심을 많이 가지고 있는 걸로 알고 있어요. 미국에게 세계 최초의 영광을 안겨 줄 생각이 있으신가요?"

켈리 마리아의 질문에 덴마크 사람들이 도끼눈을 뜨고 노려보았다. 절대 다른 나라에 빼앗기지 않겠다는 모습이었다.

그리고 그건 공주인 마그레테 역시 마찬가지였다. 덴마크의 품 안으로 날아든 영광이 벗어나게 할 생각이 전혀 없어 보였다.

"……현재로서는 덴마크의 오덴세 조선소를 첫 번째 파트너로 염두에 두고 있습니다. 실제로 이미 협의를 진행하고 있고요."

차준후가 덴마크의 손을 살짝 들어 줬다.

덴마크의 산업기술연구소의 도움을 받아 실험을 진행하고, 오덴세 조선소에게 레이아웃을 비롯해 기술 협력까지 받기로 한 상황이었다.

LNG 사업만 성공적으로 진행된다면 어차피 돈은 충분

할 만큼 벌 수 있었으니, 미국에서 좋은 제안이 들어왔다고 해서 조금 더 이익을 보고자 배를 갈아탈 생각은 없었다.

물론 이건 차준후의 개인적인 의견일 뿐이었고, 이 부분은 최종적으로 대현그룹에게 맡길 생각이었다.

정영주와 대현그룹의 실무진들이라면 알아서 잘해 나갈 것이라 믿었다. 아무것도 없던 대한민국에서 대현조선소라는 엄청난 결과를 만들어 낸 사람들이니까.

"스카이 포레스트에서 조선업에 진출할 생각이 있으신가요?"

"로열티만 받으려고 합니다."

차준후가 속내를 밝혔다.

LNG는 개인적으로 공부한 바가 있었기에 일이 술술 잘 풀릴 수 있었지만, 이 이상 중공업 분야에 발을 들이는 건 부담이 컸다.

물론 호황기에 접어들 조선업에 진출한다면 엄청난 돈을 벌 수 있을지도 몰랐다.

그러나 잘 알지도 못하는 분야에 손을 댔다가는 도리어 큰 낭패를 볼 수도 있었다.

차준후는 구태여 위험한 도박을 하고 싶진 않았다.

"그렇다면 이후 여러 국가에 기술을 제공하실 생각이신가요?"

"물론입니다. LNG 기술을 독점할 생각은 없습니다."

LNG는 세계 발전에 큰 기여를 하는 에너지 자원이었다. 그것을 독점한다는 건 세계적인 손실이며, 여러 국가와의 정치적 마찰까지 초래할 수도 있는 문제였다.

어느 조선소든 조건만 잘 협의된다면 기술을 제공해 주지 않을 이유가 없었다.

"아, 다만 로열티만 지급한다고 해서 기술을 제공해 줄 생각은 없습니다."

"로열티 외에 다른 조건이 필요하다는 말씀이신가요?"

"때로는 돈이 전부가 아니니까요."

로열티로 얼마를 준다 한들 일본에겐 기술을 제공해 줄 생각이 없었다.

금수조치로 스카이 포레스트를 물먹이려 했던 일본이 아닌가.

이번 기회에 제대로 되갚아 줄 생각이었다.

"그리고……."

"이만 다른 기자님의 질문을 받도록 하겠습니다."

차준후는 켈리 마리아의 질문을 끊었다.

이미 평소 다른 기자들보다 훨씬 많은 질문을 받아 주었다. 이 정도면 충분히 배려를 해 준 것이었다.

그 사실을 잘 알고 있는 켈리 마리아는 납득한 표정으로 고개를 끄덕이며 감사를 표했다.

뒤이어 고개를 돌린 그녀는 곁에 서 있던 제작 피디와

하이파이브를 하며 만족스러운 표정을 지었다.

지금 주고받은 질의응답만으로도 CBC 방송국은 충분한 방송 분량을 확보했다. 이것으로 켈리 마리아의 승진과 성과급은 확정된 것이나 다름없었다.

그렇게 켈리 마리아의 질의가 마무리되자, 조용히 기다리고 있던 다른 언론 관계자들이 황급히 손을 번쩍 치켜들었다.

"가장 앞에 계신 남색 체크무늬 외투를 입은 여성분! 질문 받겠습니다."

"영국의 CBB 방송의 카알라입니다. 우선 축하드린다는 말부터 드리고 질문을 할게요."

그녀가 웃으며 이야기했다.

"감사합니다."

"영국은 다른 어떤 국가보다 먼저 천연가스를 이용해 왔어요. 지금도 계속해서 연구를 진행 중이고, 앞으로도 그럴 계획으로 알고 있습니다. 차준후 대표님은 영국과의 협력에는 관심이 없으신가요?"

덴마크가 아닌 영국을 선택했다면?

덴마크보다 더 많은 기술과 자금을 지원해 줄 수 있었으리라 자신했기에 카알라는 안타까웠다.

"영국에 관심이 없을 리가 있겠습니까. 지금까지는 인연이 없었을 뿐이지요."

낙농업을 하다 보니 덴마크와 연결되었고, 그것이 지금까지 이어진 것뿐이었다.

 자금과 기술 측면만 고려하자면 덴마크보다 영국이 매력적인 것이 사실이었다.

 "그렇습니까? 그렇다면 혹시 영국과 스카이 포레스트가 협력 관계를 맺게 된다면, 어떤 분야에 관심이 있으신지 여쭤봐도 될까요?"

 잠시 고민에 잠겼던 차준후가 천천히 입을 열었다.

 "북해에 관심이 많습니다."

 그 누구도 예상치 못한 대답에 덴마크 산업기술연구소가 또다시 술렁이기 시작했다.

 차준후는 왕실 별장에서 편안하게 머무르면서 유럽의 상황에 대해 알아봤다.

 그 과정에서 북해 유전이 아직 제대로 개발되지 않았다는 걸 깨달았다.

 아직 이 시기에는 북해에서 가스전밖에 발견되지 않았지만, 북해 연안에서 몇 차례 석유가 발견되었기에 분명 북해에 원유가 매장되어 있을 것이라 많은 이들이 추측하고 있었다.

 그리고 실제로 잇따라 북해에서 유전이 발견되기 시작한다.

 그렇게 발견된 유전에서 생산되는 원유는 브렌트유라

불리며, 훗날 세계 3대 원유로 분류되며 전 세계 유가의 가격 표준으로 사용될 정도로 엄청난 생산량을 자랑했다.

아직 그 가치가 제대로 드러나지 않은 지금, 미리 한 발 걸칠 수 있다면 엄청난 이득을 볼 수 있을 것이었다.

그러나 이러한 차준후의 생각을 다른 이들이 이해할 수 있을 리 만무했다.

"네? 북해라면…… 유전 탐사를 말씀하시는 건가요?"

"예, 맞습니다."

예상치 못한 대답에 카알라의 눈동자가 커졌다.

그도 그럴 것이 현시점까지 북해에서 발견된 것이라고는 가스전뿐이었다.

물론 LNG 사업이 원활히 진행된다면 가스전의 가치는 껑충 뛰게 되겠지만, 그렇다 해도 유전이 존재하지 않는다면 북해의 가치는 급격히 떨어질 수밖에 없었다.

"북해에 관심이 있으시다면, 지금까지 몇 차례 유전 탐사를 진행했지만 전부 수포로 돌아갔다는 것도 알고 계시겠네요?"

그 탓에 영국에서는 북해 유전 탐사에 대한 투자가 점차 끊이고 있는 상황이었다.

"물론이죠. 하지만 지금까지 실패했다고 해서 앞으로도 계속 실패할 것이라고는 생각하지 않습니다. 저 또한 지금껏 세상에 없던 기술을 개발해 내지 않았습니까?"

"유전 탐사는 막대한 투자를 필요로 합니다. 자칫하면 엄청난 손해를 보실 수도 있을 텐데요……."

카알라가 우려를 드러냈다.

실제로 북해 유전 탐사에 투자를 했다가 회사가 무너지거나 파산을 한 투자자들이 제법 있었다.

그러나 차준후는 고개를 가로저었다.

"손해는 유전 탐사가 끝까지 실패했을 때 이야기 아닙니까? 탐사에 성공한다면 아무런 문제도 되지 않죠."

"그 말씀은, 성공할 때까지 유전 탐사를 계속하실 생각이시라는 건가요?"

"그렇습니다. 제게 유전 탐사에 투자할 기회가 주어진다면, 탐사에 성공할 때까지 얼마고 자금을 쏟아부을 생각입니다."

유전 탐사에 돈이 얼마가 들어가든, 유전이 발견되기만 한다면 투자금을 모두 회수하는 건 문제도 아니었다.

차준후는 돈이 아니라 유전 탐사에 투자할 기회가 주어지지 않을 게 걱정이었다.

'북해 유전! 이거다!'

두 사람의 대화를 가만히 듣고 있던 영국의 외교부 장관, 찰스 바클리가 두 눈을 빛냈다.

이후 차준후와의 인연을 만들어 줄 주제를 발견해 냈다. 영국의 국익으로 이어질 답변을 얻어 낸 기자가 너무

나도 고마웠다.

*　*　*

「오늘 오전, 덴마크 산업기술연구소에서 세계 최초로 멤브레인식 LNG 탱크 실험이 있었습니다. 기술 특허를 출원한 차준후 대표가 직접 실험에 참여했고, 실험이 성공적으로 끝났음을 발표했습니다.」

전환된 TV 화면에는 거대한 상선이 모습을 드러냈다.

「덴마크 산업기술연구소는 실제 LNG 운반선에 사용될 탱크의 크기로 추가 실험을 진행할 것을 예고했습니다. 차준후 대표는 해당 실험까지 성공적으로 끝난다면, 곧장 LNG 운반선 건조가 시작될 것임을 발표했습니다. 또한 조선업 분야의 대기업인 오덴세 조선소의 한 임원은 LNG 운반선이 동일 규모의 선박보다 두세 배가량 더 비싼 금액에 거래될 것으로 예상된다고 설명했습니다.」

TV 화면 속에 등장한 오덴세 조선소의 임원이라는 사람은 다름 아닌 바이든이었다.

그는 LNG 운반선의 가치와 그것이 만들어 낼 변화에

대해 침을 튀겨 가며 설명했다.

뒤이어 덴마크 산업기술연구소의 소장도 등장하여 인터뷰를 하였고, 그 또한 LNG 운반선에 얼마나 엄청난 첨단 기술이 사용된 것인지 이야기했다.

그는 마지막으로 상기된 얼굴로 차준후의 천재성을 찬양하는 것으로 인터뷰를 끝마쳤다.

「상당한 가격이 예상됨에도 이미 LNG 운반선을 주문하겠다는 선주들이 줄을 서고 있다는 소문입니다. 또한 스카이 포레스트에서 출원한 기술 특허를 사용하기 위해 막대한 로열티도 감내하겠다는 조선소들도 상당수인 것으로 확인됐습니다.」

멤브레인식 LNG 탱크 실험이 성공했다는 사실과 이후 따로 진행되었던 공식 기자회견 장면이 세계 전역에 브라운관을 타고 퍼져 나갔다.

덴마크 왕실 별장의 응접실에서 그 뉴스 보도를 보던 차준후는 한숨을 내쉬었다.

"실비아, 텔레비전 좀 꺼 주세요."

"네."

차준후는 각국의 반응을 살피기 위해 최근 뉴스를 빠짐없이 시청했지만, 최근 똑같은 내용의 보도만 계속 반복되고 있었다.

한동안은 뉴스를 보지 않아도 될 것 같았다.

"찰스 바클리 장관은 도착했나요?"

"예. 현재 밖에서 대기 중이에요."

차준후는 덴마크 왕실 별장에서 대화를 요청한 각국의 고위 관료들과 순차적으로 대담을 나누기로 하였다.

그리고 그 첫 번째 순번으로 선택된 것은 바로 영국 외교부 장관인 찰스 바클리였다.

그가 가장 먼저 차준후를 찾아오기도 했고, 차준후가 북해 유전에 관심을 가지고 있기도 했기 때문이었다.

"들여보내 주세요."

"네."

실비아 디온이 밖으로 나갔다가 찰스 바클리와 함께 돌아왔다.

"정식으로 인사드리죠. 대영제국의 외교부 장관으로 재임 중인 찰스 바클리입니다."

유서 깊은 귀족 가문에서 태어난 찰스 바클리는 백작이기도 했다.

평소였다면 누군가를 부르면 불렀지, 먼저 만나러 발걸음을 하지 않는 그였다.

그러나 그조차도 자존심을 굽힐 만큼 차준후는 굉장한 가치를 지닌 인물이었다.

그는 영국을 위해서라면 얼마든지 자존심을 굽힐 수 있었다.

"차준후입니다."

"우선 영국은 스카이 포레스트의 유전 탐사 참여를 적극적으로 환영하는 바입니다. 이것은 제 사견이 아닌, 영국 정부의 의견입니다."

첫 번째 실험이 성공적으로 끝난 이후 진행된 기자회견에서 차준후는 다시 한번 유전 탐사에 큰 관심이 있음을 밝혔다.

그 사실을 크게 반긴 영국 정부는 곧장 찰스 바클리를 통해 차준후에게 긍정적인 답변을 주기로 마음먹었다.

"감사합니다."

"아닙니다. 자세한 내용은 추후 사람을 보내 협의를 진행할 수 있도록 조치하겠습니다."

차준후를 바라보는 찰스 바클리의 눈에는 호감이 가득 넘쳐 났다.

현재 영국 정부에서는 자국 내의 민간 투자자들이 점차 들어드는 탓에 미국을 비롯한 해외 기업들에게도 사업 제안을 하고 있는 상황이었다.

실제로 미국의 한 석유 회사와도 협의를 진행한 바 있었는데, 그들은 엄청난 지분을 요구해 왔다.

물론 그렇게라도 유전 탐사를 진행하여 유전을 발견할

수만 있다면 좋은 일이었지만, 여러 분야에서 경쟁을 하고 있는 미국의 회사에 큰 지분을 넘긴다는 것이 다소 꺼림칙할 수밖에 없었다.

미국이 세계 시장을 석권할수록 영국의 입지는 좁아질 것이 뻔했기 때문이다.

그런데 그런 상황에 차준후가 등장한 것이다.

영국 정부는 크게 기뻐했다.

물론 스카이 포레스트에도 상당한 지분을 넘겨주어야 하겠지만, 미국의 기업에 넘길 바에는 최빈국인 대한민국의 기업에 넘기는 편이 낫다고 생각했다.

"북해 유전 탐사에 부족한 자금이 있으면 제가 모두 투자하겠습니다."

차준후가 화끈하게 질렀다.

부족한 설비와 인력 등은 돈으로 해결하면 된다. 그렇게 들어가는 돈이 많아질수록 받아 낼 수 있는 지분 또한 많아질 터였다.

북해에서 수많은 유전이 발견되는 것은 확정된 미래나 마찬가지였다. 이득이 보장된 사업에 뛰어들지 않을 이유는 없었다.

"성공을 확신하고 있군요."

유전 탐사는 도박이나 마찬가지였다.

유전 탐사는 돈을 아무리 쏟아붓는다고 해도 성공을 장

담할 수 없다고 평가받았다.

성공 사례만이 세상에 널리 알려졌기 때문이지, 유전 탐사에는 수많은 실패의 역사가 존재했다.

하지만 그건 투자한 돈이 부족했기 때문이 아니었을까?

찰스 바클리는 차준후의 거침없는 태도에서 희망을 느꼈다.

"차준후 대표가 유전 탐사에 관심이 있다는 걸 조금만 더 빨리 알았더라면 참 좋았을 텐데 아쉽습니다."

만약 이 사실을 조금만 더 빨리 알았다면, 이를 빌미로 차준후에게 접근하여 LNG 쪽도 덴마크보다 앞서 나갈 수 있었을지도 모르는 일이니 참으로 아쉬웠다.

바이킹 녀석들에게 선수를 빼앗긴 것 같아서 안타까운 찰스 바클리였다.

그렇지만 늦었다고 생각할 때가 가장 빠른 순간이었다.

지금부터라도 가까이 지내면 충분했다.

덴마크 녀석들은 기껏해야 젖소와 LNG 운반선이 전부가 아닌가.

그러나 영국은 북해 유전을 시작으로, LNG와 더불어 원유 사업까지 함께 인연을 엮어 나갈 수 있었다.

시작은 늦었지만 끝은 더욱 창대하리라!

그런 작업을 펼치기 위해 찰스 바클리가 이곳까지 발걸음을 한 것이었다.

"이제부터라도 좋은 관계를 맺어 가면 되지요. 영국이 준비되어 있다면 언제라도 실무진을 파견하겠습니다."

차준후는 기꺼이 영국과 협상할 순간을 기다렸다.

석유 한 방울 나지 않는 나라!

대한민국의 아픈 현실이었다.

스카이 포레스트에서 북해 유전의 지분을 다수 확보할 수 있다면, 대한민국의 산업 발전에 큰 도움이 될 것이었다.

차준후는 순간 감회에 젖었다.

회귀 후 지금까지의 노력이 헛되지 않았음을 느꼈다.

만약 회귀 전 임준후였다면 지금처럼 영국의 장관과 독대할 수 있었겠는가.

결코 불가능했을 것이었다.

아니, 설령 독대할 일이 생긴다고 한들 지금처럼 호의를 보이는 일은 없었을 터였다.

지금의 상황은 차준후가 회귀 후부터 지금까지 한시도 쉬지 않고 노력해 왔기에 이루어 낼 수 있었던 결과물이라 할 수 있었다.

찰스 바클리는 차준후의 호감을 얻기 위해 쉴 틈 없이 영국을 어필했다.

"덴마크의 오덴세 조선소가 조금 이름을 날리고 있지만 조선업은 누가 뭐라고 해도 영국이 최고입니다."

"해가 지지 않는 영국의 대단함을 누가 모르겠습니까."

차준후는 적당히 장단을 맞춰 줬다.

영국은 2차세계대전에서 엄청난 물적, 인적 자원을 잃으며 더 이상 대영제국의 면모는 찾아볼 수 없게 되었다.

영국은 대영제국 시대의 영광을 되찾기 위해 부단히 노력하고 있지만, 지금부터 60년이나 흐른 뒤에도 그런 순간은 오지 않았다.

물론 지금도, 미래에도 영국이 손꼽히는 열강인 것은 맞기에 장단은 맞춰 주지만, 내심 쓴웃음을 흘릴 수밖에 없었다.

"영국 조선소에서도 LNG 운반선을 만들고 싶습니다."

"로열티만 지불하시면 됩니다."

차준후가 흔쾌히 허락했다.

만들고 싶으면 당연히 만들어야지. 로열티만 받으면 아무런 불만이 없었다.

"결정이 시원해서 좋습니다. 그런데 로열티가 얼마나 됩니까?"

"선가의 5%입니다."

"아! 정액제가 아니라 선가에 따라 변동되는 겁니까?"

"그렇습니다."

차준후가 고개를 끄덕거렸다.

현시대에서 아직 LNG 운반선은 차준후의 특허 기술이

없다면 건조할 수 없었으니, 선가의 5%는 결코 과한 것이 아니었다.

이후 상황에 따라 로열티 금액을 조정해 줄 생각은 있지만, 그것은 나중 일이었다.

"고부가가치의 LNG 운반선에 로열티 5%는 결코 비싼 것이 아니지요. 영국 조선소들은 로열티를 기꺼이 지불할 것입니다."

영국은 북해에 이미 가스전을 발견해 놓은 상태였다.

지금까지는 제대로 활용하지 못하고 있던 천연가스를 뽑아다가 LNG로 만들어 유럽 각지에 팔면 된다.

남에게 주는 돈이 아깝다고 커다란 이익을 포기하는 건 바보 같은 짓이었다.

"좋은 선택입니다."

차준후는 덤덤히 고개를 주억였다.

아무리 영국의 외교부 장관이라 한들, 그가 모든 영국 기업의 의견을 대신할 수는 없었다.

로열티를 내지 않고 LNG 운반선을 포기하든, 로열티를 내고 LNG 운반선을 만들든 그건 각국의 조선소가 판단할 문제였다.

물론 영국 정부에서 일부 지원을 해 주긴 하겠지만, 모든 로열티를 내줄 것이 아니라면 결국 최종적인 판단은 각 조선소에서 내려야 했다.

얼마나 많은 영국 조선소에서 로열티를 내겠다고 할지 모르는 일이었으니 아직 기뻐하기에는 일렀다.

'그나저나 영국의 조선업이 부활할까?'

차준후는 회의적이었다.

실제 역사에서는 일본이 가격 경쟁력을 앞세워 유럽의 조선소들을 제치고, 무려 40년이나 세계 조선 1위의 자리를 차지했다.

그리고 그것을 가능케 했던 건 하나의 신기술 덕분이었다.

블록용접 공법.

선체를 여러 블록 나누어 각각 만든 뒤 용접하여 하나의 선박으로 만드는 기술로, 이는 기존의 유럽에서 사용되던 리벳 공법보다 3배나 생산성이 뛰어났다.

영국이 아무리 발버둥을 친들 일본의 조선을 따라잡기란 쉽지 않을 터였다.

아! 이번에는 유럽의 조선소들이 조금 선방을 할지도 몰랐다.

차준후는 LNG 운반선과 탱크에 들어가는 특허 기술을 한동안 일본에게는 허락하지 않을 생각이었으니까.

"거제도에 대현조선소를 짓는다고 들었습니다. 조선소를 만드는 데 영국 또한 도움을 드릴 수 있습니다."

"대현그룹에 전하겠습니다."

찰스 바클리는 가능하다면 대현조선소 설립 과정에도 한 발 걸치고 싶었다.

대현그룹이 영국 시중은행에서 차관 논의를 했다는 소식을 접했다. 은행에 정부에서 보증을 해 줄 테니 차관을 진행해 달라고 주문했다.

그러나 이 모든 건 대현그룹을 위해서는 아니었다.

대현그룹의 뒤에서 움직이고 있는 스카이 포레스트, 아니 정확히는 차준후 때문이었다.

사소한 도움이라도 준다면 차후 이것이 어떠한 보답으로 돌아올지 몰랐다.

혹시라도 차준후가 이번과 같은 세기적인 기술을 또다시 만들어 낸다면?

그때는 영국이 가장 먼저 협상권을 얻게 될 수도 있었다.

"혹시 영국에 스카이 포레스트 유럽 법인을 설립하실 생각은 없으십니까? 영국은 스카이 포레스트가 유럽에서 사업을 진행함에 있어 여러 지원을 해 드릴 수 있습니다."

스카이 포레스트 유럽 법인 설립도 그러한 맥락 중 하나였다.

지금 전 세계가 LNG에 집중하고 있어서 그렇지, 스카이 포레스트는 LNG를 빼놓고 보더라도 엄청난 기업이었다.

스카이 포레스트의 화장품은 전 세계 여성들을 열광하

게 만드는 제품이었고, 지금도 계속 전 세계 화장품 시장의 점유율 올려 나가고 있었다.

만약 영국에 스카이 포레스트 유럽 법인을 유치할 수만 있다면, 엄청난 경제적 효과를 볼 수 있을 것이었다.

그러나 차준후가 단호하게 선을 그었다.

"그건 어렵겠습니다."

해외 법인은 해외 지사보다도 훨씬 운영에 어려움이 많았다.

특별한 이점이 있는 것이 아니라면 구태여 수고를 들여 영국에 해외 법인을 설립할 이유는 없었다.

"그러면 영국 지사는 가능할까요? 저의 부인을 비롯해서 영국의 수많은 여성이 스카이 포레스트의 화장품을 애용하고 있습니다. 충분한 수요가 있을 테니 스카이 포레스트에게도 나쁘지 않을 겁니다."

찰스 바클리가 구구절절하게 부탁했다.

그의 말이 거짓은 아니다.

영국 여성들 사이에 스카이 포레스트의 화장품에 대한 소문이 퍼지며, 미국에서 영국으로 보내지는 소포의 양이 점차 늘어나고 있었다.

수많은 여성이 자국 내에서 편안하게 스카이 포레스트의 화장품을 살 수 있기를 바랐다.

"고민해 보겠습니다."

"만약 영국 지사를 설립해 주신다면, 현지 공장도 세울 수 있도록 협조하겠습니다."

"괜찮은 제안이군요."

안 그래도 차준후는 특별한 몇몇 품목을 제외한 대다수의 제품들은 현지 공장에서 생산하고자 했다.

다만 해외 지사의 경우, 현지 채용을 진행하게 됐을 때 국내 기준법을 따라야 하는 터라 몇몇 고려해야 할 사항들이 있었다.

이를 해결할 수 있도록 영국 정부에서 협조해 준다면, 현지 공장에서 직접 제품을 생산하여 그곳에서 곧장 납품하는 것이 가능해졌다.

"더 많은 대화를 나누고 싶었는데 아쉽군요."

찰스 바클리가 시계를 쳐다보며 진한 아쉬움을 드러냈다.

"하하. 다른 분들도 계속 기다리고 계셔서요."

한동안 만나야 할 사람이 너무 많은 차준후였기에 대담은 딱 정해진 시간 내에만 진행하기로 했다.

그게 누구든 결코 예외는 없었다.

"그럼 다음에 또다시 만날 날을 간절히 기다리겠습니다."

"안녕히 가십시오."

찰스 바클리는 고개를 꾸벅이고 숙이고는 자리를 떠났다.

다음 대담 순번은 미국 상무장관인 마크 우즈였다.

찰스 바클리가 밖으로 나가자, 기다렸다는 듯 곧바로 마크 우즈가 응접실로 들어섰다.

"하하! 반갑습니다, 차준후 대표! 이제 최소한 유럽에서는 차준후 대표의 얼굴을 모르는 사람은 없게 되었는데, 기분이 어떻습니까?"

마크 우즈가 안으로 들어서자마자 친근하게 말을 걸어왔다.

고작 한 번 만났을 뿐임에도 그는 격식은 조금 내려놓고 편안하게 차준후를 대했다.

그런 그를 보며 차준후를 리트리버를 떠올렸다.

누구에게든 꼬리를 흔들며 친근하게 반기는 모습이 딱 그러했다.

누가 이 사람을 보고 미국의 행정부 내각의 각료 중 하나인 상무장관이라고 생각할 수 있을까?

상무부는 미국 경제의 지속적 발전, 기술 경쟁력 촉진 등 경제와 관련된 전반적인 업무를 담당하는 중요 부서였다. 미국 내에서 특허 권리를 부여하고 들여다보는 곳이기도 했다.

그러한 부서의 장관인 마크 우즈로서는 당연히 새롭게 세상에 모습을 드러낸 LNG 특허에 많은 관심을 가질 수밖에 없었다.

"아! 텔레비전이 꺼져 있네요. 켜면 화면에 차준후 대표의 얼굴이 크게 나올 겁니다."

"아까 전까지 봤습니다. 너무 많이 봐서 꺼 버렸지요."

"이제 유럽에서 얼굴을 드러내 놓고 다니기 힘들 겁니다. 그러니 미국으로 건너가시죠. 유럽에서 해야 할 일도 거의 끝나지 않았나요?"

마크 우즈는 자연스럽게 차준후에게 미국행을 권했다.

그는 세기의 천재에게서 나오는 지식은 세계 패권국인 미국에서 더욱 올바르게 사용될 수 있다고 믿고 있었다.

'극단적 팍스 아메리카나 신봉자라고 했지?'

실비아 디온에게서 마크 우즈의 성향을 전해 들어 파악하고 있던 차준후는 친근하게 다가오는 마크 우즈에 대한 경계심을 늦추지 않았다.

팍스 아메리카나(Pax Americana).

미국이 압도적인 경제적, 군사적 지배력을 통해 세계 경찰을 자처하며 전쟁, 분쟁을 억제하여 유지되는 세계 질서를 뜻한다.

이 시기에는 정확히 표현하자면 팍스 아메리카나-소비에티카(Pax Americana-Sovietica), 미국과 소련의 양강 구도로 다소 불안정한 팍스가 성립되어 있었다.

마크 우즈는 그 양강 구도를 탈피하고, 미국이 절대적인 패권을 쥐어야지만 세계 질서가 유지될 것이라 믿는 극단주의자였다.

"이제 첫 번째 실험이 끝났을 뿐입니다. 아직 해야 할 일이 많습니다. 그나저나 대담 시간은 제한되어 있습니다. 벌써 3분 지났습니다."

"헉! 이럴 때가 아니군요. 미국은 이번 LNG 특허에 대한 관심이 많습니다."

의자에 앉은 마크 우즈가 곧바로 본론을 꺼내 들었다. 지금껏 옆집 아저씨처럼 포근하던 모습은 사라지고 꼬장꼬장한 학자의 분위기를 풍겼다.

"그러시겠죠."

미국은 에너지에 대해 항상 진심이었다. 새로운 상업용 에너지로 급부상할 LNG 산업을 가만히 지켜볼 리가 만무했다.

"어떻게 하면 미국이 LNG 특허를 마음껏 활용할 수 있겠습니까?"

"로열티를 지불하시면 됩니다."

"돈으로 해결을 할 수 있다니 좋네요."

마크 우즈가 편안한 표정을 지었다.

세상에서 가장 부유한 국가가 바로 미국이었다. 혹시나 했던 걱정 따위가 훌훌 사라져 버렸다.

"이걸로 가스 화력발전소를 대폭 늘릴 수 있게 되겠군요."

미국은 계속해서 화력발전소를 미국 전역에 짓고 있었지만, 그 발전소들은 모두 석유와 석탄을 연료로 했다.

그것들만으로는 폭발적으로 늘어나는 전기 소모량을 감당하기가 쉽지 않았다.

그러나 LNG 탱크 특허 기술을 사용할 수 있게 된다면 가스 화력발전소도 지을 수 있었다.

미국의 전기 부족 문제를 크게 개선할 수 있게 된 것이다.

"LNG 운반선은 로열티로 선가의 5%를 받을 예정입니다. 가스 화력발전소도 LNG 운반선을 기준으로 잡겠습니다."

차준후가 기준을 제시했다.

"알겠습니다. 그 정도 금액이면 저렴한 편이군요."

마크 우즈가 흔쾌히 동의하였다.

순식간에 그의 머릿속에서 로열티에 대한 계산이 끝났다.

버려지던 천연가스를 모아서 LNG 탱크를 만들고, 그것으로 가스 화력발전소를 돌리면 미국은 막대한 이득을 얻게 된다.

더욱 많은 로열티를 지급해도 미국에는 남는 장사였다.

"그런데 이 문제는 관련 기업들과도 소통이 필요한 문제 아닙니까? 미국 전력 시장은 민간 기업에서 도맡고 있는 것으로 알고 있습니다만."

"잘 알고 계시는군요. 맞습니다. 미국의 전력 시장은 국책사업이 아닌, 민간사업으로 운영되고 있습니다. 다만 LNG 사업을 희망하는 기업에게 정부에서 적극적인 지원을 해 줄 예정입니다. 로열티의 상당 부분을 정부에서 책임질 계획이니 그 부분은 우려하지 않으셔도 됩니다."

"미국은 확실히 손이 크군요."

천조국이라는 별명을 가진 미국이 차준후에게 엄청난 자금을 화끈하게 보장했다.

"기술에 문제만 발견되지 않는다면 엄청난 돈을 벌게 되시겠군요."

"특허 기술에 대해서는 걱정하지 마십시오. 완벽하니까요. 만약 문제가 발생한다면 그건 기술 때문이 아니라, 기술자에 의해 발생하는 겁니다."

차준후가 자신감을 드러냈다.

수십 년이 흐른 뒤에도 아무런 문제도 없이 사용되었던 기술이다. 이미 완벽히 검증이 끝났다고 봐야 했다.

"멋진 자신감이군요. 제 개인적으로는 차준후 대표를 믿고 곧바로 발전소를 늘려 나가고 싶습니다만, 절차를 무시할 수는 없다는 게 슬픕니다."

아무리 상무장관이라고 해도 절차를 무시한 채 일을 처리할 수는 없었다.

"미래에는 미국에 가스 화력발전소들이 즐비하게 늘어서 있을 겁니다."

미국에서 유학을 보낸 적이 있던 차준후는 미래 미국의 가스 화력발전소가 미국 전력 수요의 40% 이상을 차지한다는 사실을 알았다.

"가스 화력발전소로 끝이 아닙니다."

마크 우즈가 로열티를 추가적으로 지불할 수 있는 사업들을 열거했다.

새롭게 열리는 LNG 에너지 시장의 터미널 시설, 플랜트 시설, LNG 운반선 등 특허 기술이 들어가는 모든 곳에서 로열티를 지불하겠다는 달콤한 이야기를 차준후에게 건넸다.

미국은 막대한 천연가스를 생산하는 국가였고, 투자를 하는 만큼 막대한 이익을 벌어들일 자신이 있었다. 그에 유럽의 그 어떤 국가들보다도 차준후에게 화끈한 조건을 제시하는 게 가능했다.

대담을 마친 두 사람은 모두 만족스러운 표정을 지었다.

"다음에는 미국 본토에서 로열티 지급에 대한 정식 협정을 맺었으면 좋겠네요."

"미국에서 뵙겠습니다."

마크 우즈가 응접실에서 나갔다.

코타사

 마크 우즈와의 대담을 끝낸 후로도 차준후는 계속해서 각국의 인사들과 대담을 이어 나갔다.
 그리고 몇 차례의 대담을 끝내고 잠시 숨을 돌리던 때였다.
 "대표님, 다음 차례인 덴마크 주재 프랑스 대사가 대담 자리에 코타사의 임원이 함께해도 되는지 물어보네요."
 "코타사요?"
 차준후는 생각지 못한 기업이 언급되자 의아함을 표했다.
 코타사는 프랑스의 세계 굴지의 화장품 회사로, 파운데이션부터 크림과 로션, 립스틱 등 여러 제품들이 세계적인 인기를 얻고 있는 곳이었다.

특히 코타분!

코타분은 전 세계 여성들의 마음을 훔친 파운데이션 제품으로, 코타사는 이 제품으로 전 세계 파운데이션 시장을 꽉 잡고 있다고 해도 과언이 아니었다.

그러나 오랫동안 파운데이션의 왕좌를 차지하고 있던 코타분은 스카이 포레스트의 쿠션이 등장하며 그 위치가 점차 흔들리고 있었다.

아직은 왕좌를 수성하고 있었지만, 얼마 지나지 않아 쿠션에게 그 자리를 빼앗길 것으로 보였다.

쿠션을 사용해 본 여성들이 그 편리함과 우수한 품질 때문에 다시 코타분을 사용하지 않은 탓이었다.

"코타사에서 대표님을 프랑스로 초청해 기술 협력에 대해 논의를 나누고 싶다고 하시네요."

"아!"

차준후가 탄성을 터트렸다.

이는 무척 환영할 만한 일이었다.

스카이 포레스트가 바짝 뒤를 쫓고는 있었지만, 아직 전 세계적으로는 코타사의 인기가 더 높았다.

코타사는 명실상부 세계 최고의 미용 회사이자 향수 회사 중 하나였다.

실제로 코타사는 오대양이 기술 협력을 받았던 해외 기

업 중 한 곳으로, 오대양이 크게 성장할 수 있었던 건 그 도움이 컸다.

스카이 포레스트 또한 코타사에게 기술 협력을 받을 수 있다면, 지금보다 더 크게 성장할 수 있을 터였다.

"함께 들어오라고 하세요."

"알겠어요."

실비아 디온이 밖으로 나갔다.

그리고 잠시 후 그녀와 함께 세련되게 차려입은 두 명의 중년 사내가 응접실 안으로 들었다.

덴마크 주재 프랑스 대사는 차준후와 LNG 운반선과 탱크에 대한 이야기를 주고받았고, 동시에 스카이 포레스트 유럽 법인의 프랑스 유치를 희망하였다.

그리고 코타사의 임원은 차준후에게 코타사의 방문을 요청했다.

* * *

덴마크 코펜하겐에서 출발한 스타에어 항공사의 제트 여객기가 프랑스 파리국제공항의 상공에 도착했다.

제트 여객기는 차로 이동했다면 20시간은 족히 걸렸을 거리를 2시간으로 무려 10배나 줄일 수 있었다.

20세기 과학기술이 집결된 제트 여객기가 이번에도 뛰

어난 성능을 보여 주었다.

「승객 여러분, 저희 비행기는 잠시 후 파리 공항에 착륙 예정입니다. 좌석벨트를 매어 주시고, 좌석 등받이와 테이블을 원위치로 해 주시기 바랍니다.」

 기장의 안내 멘트와 함께 승무원들이 움직였다.
 그런데 제트 여객기 안에는 탑승하고 있는 승객들이 너무 적었다.
 코펜하겐 국제공항은 스칸디나비아반도의 세 나라, 덴마크, 스웨덴, 노르웨이의 국영 항공사가 합병하여 다국적 항공사가 세워진 이후로는 급속도로 이용객이 증가하며 다양한 국제노선도 만들어졌다.
 많아지는 이용객들을 모두 감당하기 위해 작년에는 제2터미널까지 신축하기도 했다.
 특히 코펜하겐과 파리를 오가는 노선은 항상 수많은 승객으로 붐비는 이른바 황금 노선이었다.
 그런데 지금 차준후가 탑승하고 있는 제트 여객기는 놀랍게도 빈자리가 대부분일 정도로 한적했다.
 전세기!
 차준후가 프랑스에 다녀와야겠다고 하자, 이번에도 덴마크 정부에서 전세기를 대여해 준 것이었다.

심지어 단순한 대여가 아니었다.

무려 1년간 차준후가 이용하고 싶을 때 언제든지 이용할 수 있는 장기 대여였다.

전세기의 조종사, 승무원들까지 덴마크 정부에서 전부 책임져 주기로 했다.

LNG 탱크 실험이 성공적으로 끝나며, 차준후의 특허 기술에 대한 가치가 입증되었으니 지금까지는 추이를 지켜보던 국가들도 차준후에게 잘 보이기 위해 노력할 터였다.

덴마크가 다른 나라에 비해 조금 더 앞서고 있는 느낌이긴 했지만 결코 방심할 수는 없었다.

만약 마음 놓고 있다가 차준후가 다른 나라와 더 우호적인 관계를 쌓는다면?

닭 쫓던 개 꼴이 되는 것이었다.

그렇기에 덴마크는 차준후에게 잘 보이기 위해 지극정성으로 노력했다.

덕분에 차준후와 실비아 디온, 심지어 경호원들까지 전세기의 일등석에 편안히 탑승할 수 있었다.

"차준후 고객님, 비행은 편안하셨나요?"

승무원 엘리나가 차준후의 옆에 다가와 무릎을 꿇으며 눈높이를 맞췄다.

지난번에 이미 실패로 돌아간 미인계였으나 덴마크 근

위대 정보부는 포기하지 않았다. 오히려 덴마크 산업기술연구소에서의 실험이 성공적으로 끝나자 더욱 미인계에 열을 올렸다.

"전세기를 타고 오니 좋네요."

확실히 사람은 출세하고 볼 일이었다.

비행기를 택시처럼 활용할 수 있다니.

무척 만족스러운 차준후였다.

"앞으로 1년간 최선을 다해 모시겠습니다. 잘 부탁드려요."

"네."

엘리나가 고혹적인 눈빛을 보내며 말했지만, 차준후는 그저 담담하게 대응했다.

그러나 실비아 디온은 그 상황을 가만히 두고 넘기지 않았다.

"마이크 삼촌! 엘리나라는 승무원 좀 조사해 보세요. 대표님의 외모나 돈을 보고 호감을 가질 수 있긴 하지만, 아무래도 너무 과해요."

실비아 디온이 차준후에게 과도하게 들이대는 엘리나에 대한 조사를 마이크에게 지시했다. 탈탈 털어서 조금이라도 문제가 보이면 눈엣가시인 엘리나를 치워 버릴 작정이었다.

"냄새가 나는군요. 철저하게 털어 보겠습니다."

마이크가 날카로운 눈빛으로 엘리나를 훑었다.

오랜 군 생활을 해 온 그가 볼 때 엘리나에게서 얼핏 훈련된 모습이 보였다.

전세기를 타고 내리는 과정에서 차준후 모르게 벌어진 해프닝이었다.

전세기가 파리 공항의 활주로에 내려섰다.

멈춰진 비행기에서 내린 차준후가 프랑스 파리 공항에 첫발을 내디뎠다.

"입국을 환영합니다."

"감사합니다."

공항에는 코타사의 직원이 배웅을 나와 있었다.

프랑스 정부 사람들과의 만남도 예정되어 있었지만, 차준후는 코타사의 방문을 우선시했다.

지난 며칠간 각국의 관료들과 골치 아픈 이야기만 나눈 탓에, 오늘만큼은 하고 싶은 걸 하기로 마음먹은 것이었다.

차준후는 1960년대 프랑스의 화장품 산업에 지대한 관심을 가지고 있었다.

이 당시 파리에서 유명한 화장품이라는 건, 전 세계에서 유명하다는 것이나 다름없었다.

파리는 기나긴 역사 속에서 끊임없이 전 세계의 화장품들이 치열하게 각축을 벌이는 도시였다.

책으로만 보았던 1960년대의 프랑스의 화장품 시장을 직접 두 눈으로 볼 수 있게 되었으니 차준후도 다소 들뜰 수밖에 없었다.

"모시겠습니다."

"부탁합니다."

코타사 직원이 친절하게 차준후와 일행들을 안내했다.

덴마크처럼 국빈 대접까진 아니었지만, 특별히 지시를 받은 것인지 파리 공항의 직원들은 차준후 일행이 공항을 벗어나는 데 모든 편의를 봐 주었다.

덕분에 차준후와 실비아 디온을 비롯한 경호원 일행들은 VIP 통로를 통해서 일반인들처럼 줄을 서서 입국하지 않고 편안하게 공항을 빠져나왔다.

차준후 일행을 태운 앞에 사자 마크가 달린 고급스러운 차량들이 센 강변의 도로를 질주했다.

문화와 예술의 도시라 불리는 파리답게 과연 거리 전체가 하나의 예술품을 보는 듯했다.

'1960년대의 파리는 이런 모습이구나.'

차준후의 눈에 비친 파리는 무척이나 인상적이었다.

21세기의 세련되고 화려한 모습이 아닌, 과거의 역사와 문화를 아직까지 간직하고 있는 파리가 차준후에게 더욱 와닿았다.

회귀 전이나 후나 파리에 와 본 적이 없는 차준후였다.

사진과 TV를 통해서만 봤던 파리의 모습을 직접 두 눈으로 보게 되니 모든 것이 신기했다.

1960년대 사람들이 미래의 모습을 보면 신기해할 것이 분명하듯, 과거로 온 차준후 또한 이 시대의 모든 것이 하나하나 신기하고 설렜다.

"명품 브랜드들 상점들이 있는 샹젤리제 거리예요. 여기에서 조금 더 가면 프랑스 대통령 관저인 엘리제 궁전이 있어요."

실비아 디온이 차준후에게 관광 안내사처럼 친절하게 설명해 줬다.

그녀는 프랑스에 오기 전, 차준후에게 설명해 줄 수 있도록 프랑스에 대해 열심히 공부했다.

"여기가 샹젤리제 거리였군요. 이곳에도 언젠가 스카이 포레스트 화장품 상점이 입점하겠죠."

프랑스의 날씨는 무척 포근하여 반바지와 반팔을 입고 다니는 사람들도 보였다.

벤치에 앉아 따사로운 햇빛을 즐기거나 카페에서 차를 음미하는 프랑스인들의 모습에서는 여유로움이 느껴졌다.

이는 미래에서도 볼 수 있는 광경이었으나, 배경이 달라지니 확실히 차이가 컸다.

세상 그 누구도 경험할 수 없는 체험을 한다는 생각에

차준후는 기분이 들떴다.

"……."

즐거워하고 있는 차준후를 보면서 실비아 디온이 고개를 갸웃거렸다.

이따금 차준후는 저렇게 이해하지 못할 표정을 짓고는 했다.

'더 노력하자.'

그녀는 차준후에 대한 모든 걸 알고 싶었다.

차량에 몸을 실은 차준후와 일행이 센 강변에 위치한 코타사에 도착했다.

코타사는 1만여 평에 달하는 넓은 땅 위에 회사가 세워져 있었는데, 역사가 느껴지는 고풍스러운 건물과 새롭게 지어진 현대식 공장이 한데 뒤섞여 있었다.

근대와 현대의 모습이 절묘하게 아우러져 공존하는 모습이었다.

차준후가 코타사의 건물들을 둘러보며 감탄하던 그때였다.

콧수염을 기른 중년 신사가 차준후에게 다가와 격하게 반겼다.

"반갑습니다. 코타사의 대표 샤를 보르도입니다. 정말 만나 뵙고 싶었습니다, 차준후 대표."

"아, 반갑습니다. 스카이 포레스트의 차준후입니다. 초

대해 주셔서 감사합니다."

"귀한 분께서 이 먼 곳까지 와 주셨으니 저희가 감사드려야지요."

샤를 보르도가 웃으며 손을 내밀었다.

한창 세계적으로 주가를 올리고 있는 스카이 포레스트였다. 차준후를 만나기 위해 러브콜을 보내는 곳이 한두 곳이 아닐 터였다.

기술 협력을 위해서라지만 너무나도 바쁠 차준후가 프랑스까지 직접 와 줄 가능성은 낮다고 보았다.

그런데 놀랍게도 코타사의 초청을 흔쾌히 수락해 주었으니, 샤를 보르도로서는 고맙지 않을 수 없었다.

"세계 최고의 화장품을 만드는 코타사에 꼭 한번 방문해 보고 싶었습니다."

차준후는 빙긋 웃으며 샤를 보르도가 내민 손을 맞잡았다.

이는 거짓말이 아니었다.

오대양 창업주인 서환성의 자서전에 등장했던 코타사의 분위기를 직접 느껴 보고 싶었다.

"제가 직접 안내해 드리죠."

샤를 보르도를 비롯한 코타사의 중역들의 환대를 이번에는 서환성 대신 차준후가 경험하게 되었다.

이번에도 서환성의 인연을 차준후가 대신 누렸다.

샤를 보르도가 앞장서서 차준후를 생산 현장으로 안내했고, 그 뒤를 코타사의 중역과 공장장 등이 우르르 따라붙었다.

공장의 1층 로비에 코타사의 제품들이 전시되어 있는 진열장이 있었고, 그 옆으로 코타사의 역사와 변천 등을 한눈에 볼 수 있도록 커다란 사진들이 걸려 있었다.

"생산 현장으로 들어가기 전에 청결실에서 손을 씻고, 몸의 먼지를 제거하고 들어가야만 합니다. 이건 누구라도 예외가 없지요."

"청결실을 따로 운용하고 계시는군요. 스카이 포레스트에서도 청결 시스템을 운영 중입니다. 그런데 작업복과 캡은 제공하지 않으시는 듯한데, 이것도 도입하시면 좋을 겁니다."

"오! 괜찮은 방법이군요! 참고하도록 하겠습니다."

샤를 보르도가 감탄을 터트렸다.

코타사도 위생에 많은 신경을 쓰는 기업이었지만, 스카이 포레스트는 사소한 부분까지 세밀하게 더욱 신경을 쓰고 있었다.

아무래도 21세기 현대의 위생 시스템까지 경험하여 알고 있는 차준후였기에 차이가 있을 수밖에 없던 것이었다.

차준후와 일행이 청결실에서 손을 씻고, 실내용 슬리

퍼로 갈아 신었다. 신발 바닥에 붙어 있는 흙까지도 공장 안으로 들이지 않으려는 노력이 인상적이었다.

"여기가 제1공장의 생산 라인입니다."

"이런 분위기와 느낌이군요."

차준후의 눈에 비친 코타사 제1공장의 생산 라인은 무척이나 남달라 보였다.

세계적인 품질을 자랑하는 코타사의 생산 라인은 바쁘게 돌아가고 있었다. 갖가지 화장품을 기계들이 빠르게 쏟아 냈고, 청결한 복장의 직원들이 바쁘게 움직였다.

"이곳에서 만드는 제품들이 코타분과 로션, 크림 등인가요?"

차준후는 지금 시대의 화장품과 뷰티 시장의 동향을 진단하고 있었다. 머리로 이미 알고 있는 바였지만 눈으로 직접 보니 생생함이 달랐다.

"잘 보셨습니다. 우리 회사의 주력 제품들을 생산하고 있습니다."

"자동화가 상당히 진행됐네요?"

차준후의 이야기에 샤를 보르도가 뿌듯한 표정을 지었다.

"모든 생산 공정에 현대식 자동화 설비들을 꾸준하게 추가 설치하고 있습니다."

컨베이어 벨트가 돌아가는 생산 라인 옆으로 수십 개의

원료 탱크가 늘어서 있었다. 원료 탱크와 연결된 거대한 강관은 거대한 저장 탱크와 연결되어 있을 터였다.

차준후의 뇌리에 코타사 공장의 모습이 선명하게 각인됐다.

"이건……."

"에어스푼입니다. 코타분을 만들어 주는 핵심 기계죠. 올해 초에 최신식 에어스푼으로 바꿨습니다."

차준후가 거대한 기계 앞에서 발걸음을 멈췄다.

이 에어스푼을 구입하기 위해서 얼마나 발버둥을 쳤던지. 덴마크까지 날아가서 난리법석을 떨어야만 했다.

새록새록 추억들이 떠올랐다.

"스카이 포레스트에도 에어스푼이 있다고 들었습니다."

"맞습니다. 코타사처럼 우리 회사에서도 에어스푼이 쿠션을 만드는 데 있어 핵심적인 역할을 하고 있지요."

"최신 에어스푼으로 바꿔야 하지 않겠습니까? 최신 에어스푼은 기존의 에어스푼보다 입자를 40% 이상 곱게 만들어 냅니다."

"자체적으로 에어스푼을 개량하여 업그레이드했습니다. 아마 최신 에어스푼과 비교해도 부족함이 없을 겁니다."

"네?"

샤를 보르도가 경악했다. 그리고 그것은 그들의 뒤를 따르고 있던 코사타의 중역과 공장장들도 마찬가지였다.

최첨단 기계인 에어스푼을 자체적으로 개량했다니.

도무지 믿기지가 않았다.

"스카이 포레스트의 고문으로 기계에 박식하신 분이 계십니다. 그분의 도움을 받았죠."

신판정을 말함이었다.

물론 에어스푼의 개량에 신판정의 도움을 받긴 했지만, 아이디어는 모두 차준후의 머리에서 나온 것이었다.

"정말 대단합니다. 그분을 꼭 뵙고 싶네요."

"언제 기회가 닿으면 소개시켜 드리겠습니다."

"시간을 내서 한국에 방문하겠습니다. 그때 소개를 부탁드립니다."

"약속을 잡고 오셔야만 합니다. 요즘 그분이 센서식 자동문을 설치하고 돌아다녀서 많이 바쁘거든요."

최근 신판정은 센서식 자동문 때문에 미국을 자주 오가는 중이었다. 미국에는 점차 센서식 자동문 설치가 늘어나고 있었다.

"아! 센서식 자동문을 개발했다는 분이군요. 들어서 알고 있습니다."

세계 최초 센서식 자동문은 프랑스에도 알려져 있었다.

"우리 회사에도 센서식 자동문을 설치하고 싶습니다. 꼭 그분을 소개시켜 주십시오. 만나 준다고 하면 곧바로 한국으로 날아가고 싶은 마음입니다."

프랑스에도 자동문들이 많이 설치되어 있었다.

그러나 전부 발로 밟아서 작동시키는 압력식 자동문들이었다. 아직 프랑스에는 센서식 자동문이 설치된 곳이 한 곳도 없었다.

미국에서 센서식 자동문을 접해 본 프랑스인들은 그 편리함에 감탄했고, 프랑스에도 설치되기를 간절히 희망했다.

그것은 기업들 입장에서도 마찬가지였다.

압력식 자동문은 고장이 너무 잦아, 오히려 불편한 경우가 발생하기도 했다. 어떻게든 고장이 적은 센서식 자동문을 설치하고 싶었다.

그러나 칠천리 오토가 센서식 자동문 기술을 독점하고 있는 탓에, 센서식 자동문을 제작할 수 있는 곳이 없으니 돈을 얼마를 준다고 한들 설치할 방법이 없었다.

"꼭 좀 부탁드리겠습니다."

"예. 제가 이야기를 잘 전달해 두겠습니다. 프랑스에서 최초로 센서식 자동문을 설치하는 곳은 코타사가 될 겁니다."

칠천리 오토의 대주주인 차준후가 단언했다.

이렇게 만난 것도 인연이었다.

공짜로 설치해 주는 것도 아닌데, 이 정도 약속은 충분히 해 줄 수 있었다.

"정말 고맙습니다. 덕분에 치열하게 경쟁하는 랑콤과 레알보다 앞서나갈 수 있겠네요."

랑콤과 레알은 프랑스에서 1, 2위를 다투고 있는 역사와 전통이 깊은 화장품 회사였다. 안타깝게도 코타사는 프랑스에서 매출과 인지도 등에서 만년 3위를 달라고 있었다.

물론 프랑스에서의 3위는 다른 나라의 3위와 의미가 달랐지만, 코타사는 어떻게든 만년 3위에서 탈출하고 싶었다.

이번에 스카이 포레스트와 기술 교류를 하고자 마음먹은 것도 그 일환이었다.

"어? 마스크팩을 만들고 있습니까?"

"얼마 전부터 신제품으로 생산하고 있습니다. 스카이 포레스트에서 나온 실프를 보고서 부랴부랴 움직였습니다."

샤를 보르도가 다소 멋쩍은 표정을 지었다.

실프를 모방했다는 소리였다.

모방 제품이라는 사실을 실프 개발자 앞에서 한다는 게 부담스러웠다.

사실 코타사의 모방은 마스크팩만으로 그치지 않았다.

코타사는 스카이 포레스트의 주력 제품인 SF-NO.1 밀크와 쿠션를 모방하여, 동급 혹은 더 뛰어난 제품을 출시하고자 했다.

그러나 차준후가 신경 써서 특허 출원을 했기에 특허를 우회하기가 무척이나 까다롭고 어려웠다. 지금도 코타사의 연구소에서는 특허를 우회할 수 있는 방법을 열심히 찾고 있었다.

"멋지네요."

차준후는 순수하게 감탄했다.

자신이 세상에 일찍 선보인 마스크팩이 기존 화장품 회사에 변화를 일으켰다.

부직포로 만들어진 마스크팩들이 생산 현장의 직원들에 의해 포장되고 있었다.

"실프를 모방했는데, 괜찮으십니까?"

"세상을 선도하는 제품이 하나 나오면 모방 제품들이 우수수 나오는 게 당연하지요."

혁신적이거나 잘 팔리는 제품이 나왔는데, 자신만의 길을 걷겠다며 구태여 외면하는 것은 어리석은 짓이었다.

모방을 하더라도 그 안에서 독자적인 기술이 들어가 차이가 있다면, 그 또한 하나의 새로운 제품이었다.

기업은 이윤을 추구하는 곳이고, 그것은 세계적인 회사인 코타사라 할지라도 마찬가지였다.

코타사는 현명하게 빨리 움직인 것뿐이었다.

코타사뿐만 아니라 다른 화장품 관련 기업들도 스카이 포레스트 제품을 연구하고 모방하고 있었다. 스카이 포레스트의 기술력을 맹렬히 추격하는 기업들로 인해 앞으로 경쟁이 더욱 치열해질 게 분명했다.

"흠! 알로에인가요?"

"설명해 드리려고 했는데 바로 알아보셨군요. 알로에에서 추출한 성분을 이용해서 마스크팩을 만들고 있습니다. 다른 기업들도 마스크팩 연구를 시작했다고 들었습니다."

"알로에는 나쁘지 않은 선택입니다. 스카이 포레스트에서도 후속 제품으로 알로에 마스크팩을 염두에 두고 있었거든요."

차준후는 코타사의 마스크팩 참여를 반겼다.

못마땅하게 생각할 일이 결코 아니었다.

마스크팩은 세상에 없던 제품이라 소비자들에게는 생소했다. 그렇기에 시장이 미처 형성되지 않았고, 차준후는 마스크팩 제품들을 잔뜩 출시하기에는 조금 무리라고 판단했었다.

그러나 이제는 상황이 달라졌다. 코타사를 비롯한 기업들의 합류로 마스크팩 시장이 조금씩 영글어 가고 있었다.

'이제 마스크팩 후속 제품들을 출시해도 되겠어.'

경쟁 제품들의 등장을 목격한 차준후가 결정했다.

'원조의 힘을 보여 주자.'

마스크팩의 원조 기업으로서 새로운 기능과 유형 등으로 차별화된 신제품을 출시할 작정이었다. 다른 기업들의 추격을 고려한 대책은 이미 그의 머릿속에 준비되어 있었다.

알로에 외에도 마스크팩에 어울리는 성분들은 많았다.

후속 신제품들을 출시해서 스카이 포레스트의 영향력을 보다 확대시킬 작정이었다.

"차준후 대표보다 저희가 먼저 움직여서 다행입니다."

차준후의 무시무시한 속내를 알아차리지 못한 샤를 보르도가 안도했다.

분위기가 화기애애했다.

자동화가 많이 진행되어 있는 코타사였고, 그로 인해 공장 크기에 비해서 일하는 사람들이 많지 않았다. 사람이 해야 할 많은 부분을 기계가 대신하고 있는 것이었다.

차준후는 코타사의 생산 공정과 공장 내부를 샅샅이 돌아다니면서 기계들에 대해 자주 물었다.

1960년대의 기계들에 대해서는 잘 몰랐기 때문이었고, 또 스카이 포레스트 공장에도 도입하기 위함이었다.

'지금 화장품의 수준은 이 정도구나.'

그동안 책으로만 접했던 지식들이 차준후에게 선명하게 다가왔다.

코타사에서 열심히 돌아가고 있는 크고 작은 기계들은

스카이 포레스트를 살찌워 줄 고마운 존재였다.

프랑스까지 날아온 보람이 있었다.

세계 일류 화장품 회사인 코타사의 공장은 무척이나 넓었고, 살펴봐야 할 부분이 넘쳐 났다.

차준후가 코타사를 견학하면서 무척 뜻깊은 시간을 보냈다.

넓은 코타사를 돌아다니다 보니 어느덧 점심시간이 되어 있었다.

소중한 견학 시간이라고 해도 식사 시간을 건너뛸 차준후가 아니었다. 점심시간이 다가오자 배꼽시계가 정확하게 반응을 했다.

그리고 차준후의 식도락 취미를 알고 있는 코타사에서도 미리 준비를 해 뒀다.

"일류 셰프들을 고용하고 있는 우리 코타사의 구내식당은 명성이 자자합니다. 대표님이 오신다고 해서 특별히 맛있는 점심 식사를 준비하라고 주문해 뒀습니다."

"기대가 되는군요."

깨끗하고 넓은 구내식당은 자랑하기에 충분했다.

코타사의 직원들이 뷔페식으로 차려진 구내식당에서 자유롭게 음식들을 가져가고 있었다.

"일주일에 한 번은 뷔페식으로 나옵니다."

"제가 좋은 날 찾아왔군요."

"대표님을 위해서 한식까지 특별히 준비해 뒀습니다."

사람들이 거의 찾지 않는 한쪽에는 밥과 김치, 식혜 등이 보였다. 그건 프랑스에 거주하는 한국의 주부에게 어렵게 부탁해서 공수한 요리들이었다.

한쪽 테이블에서는 한 명의 여직원이 호기심에 김치를 먹었다가 붉어진 얼굴로 연신 물을 삼키고 있었다. 차준후에게 맞춰진 김치는 프랑스인들에게 너무 매웠다.

"프랑스에서 한식을 보니 남다르네요."

차준후가 남다른 배려에 고마워했다.

코타사에서 한식을 보게 될지는 몰랐다.

사실 음식을 크게 가리지는 않는데, 유럽 음식들을 먹다 보니 한식이 땡기는 것도 사실이었다.

차준후가 프랑스 현지 요리와 한식들을 적절히 쟁반에 담아서 테이블에 앉았다. 달팽이가 들어간 요리를 씹어 먹었는데, 소스의 달콤함과 함께 씹히는 느낌이 좋았다.

"스카이 포레스트의 식당도 메뉴가 잘 나오겠지요? 스카이 포레스트에 방문할 기회가 생기면 꼭 그곳에서 한국 음식을 맛봐야겠습니다."

"우리 회사에는 식당이 없습니다. 외부 식당에서 대접해 드리겠습니다."

"직원들이 많은 걸로 알고 있습니다. 그런데 구내식당이 없다는 말인가요?"

"직원들이 원하는 음식을 먹을 수 있도록 배려하고 있습니다. 구내식당에서 먹으면 아무래도 메뉴가 한정되기 마련이니까요."

"많은 직원이 외부 식당을 이용하면 점심시간이 길어지지 않나요?"

샤를 보르도가 볼 때 굉장히 인상적이었다.

보통 아시아 국가들에서는 식사 시간에서도 지나치게 효율을 따지는 걸로 알고 있었다. 정해진 시간에 빨리 식사하고, 곧바로 일하러 가는 경우가 많았다.

그런데 스카이 포레스트는 그런 일반적인 경우와 완전히 달랐다.

큰 회사마다 구내식당을 운용하고 있는 건 효율적이기 때문이었다.

경영자의 입장에서 볼 때, 구내식당은 단순히 맛과 메뉴로만 평가할 수 있는 게 아니었다.

"그렇지 않아도 여유롭게 식사하라고 예전보다 30분 식사 시간을 늘렸습니다. 그리고 다행스럽게도 외부에 식당들이 많아서 직원들의 식사 시간이 그렇게 길어지지도 않고요."

차준후는 사람이 살아가는 데 기본적으로 필요한 요소 중 하나인 식사에서마저 경영의 효율을 추구하고 싶지 않았다. 회사가 조금 손해를 보더라도 직원들의 복지를 챙기고자 했다.

참으로 별난 대표였다.

근로자들을 갈아 가면서 일을 시키는 대한민국의 일반 회사에서는 결코 따라 펼치지 않는 복지 정책이었다.

"역시 훌륭합니다. 우리 프랑스도 정해진 시간에 빡빡하게 식사하는 걸 선호하지 않습니다."

프랑스는 업무 환경에 따라 유동적으로 식사 시간을 달리하는 걸 선호했다.

업무가 급할 때는 당연히 빠르게 식사를 끝내지만, 여유가 있을 때는 식사도 여유롭게 했다.

단순히 업무에 시간을 많이 들인다고 해서 성과가 나온다고 생각하지 않기 때문이었다.

미래에 한국을 비롯한 여러 선진국에서도 이렇게 능률을 중요시하는 변화가 생겨나는 것을 생각하면, 이 당시 프랑스는 굉장히 앞서나가는 것이라 할 수 있었다.

"미국처럼 간단하게 샌드위치와 햄버거를 먹고 곧바로 다시 업무에 복귀한다는 건 우리 프랑스인들에게는 맞지 않아요. 만약 미국처럼 했다가는 곧바로 파업을 하고도 남을 겁니다."

미국인의 평균 점심시간은 36분이라는 말이 있을 정도였다. 이에 반해 프랑스인들은 무려 100분에 이르렀으니 두 국가의 점심시간은 무척이나 달랐다.

"……."

차준후가 말없이 그냥 웃었다.

어느 쪽이 무조건 맞다, 틀리다 말할 수 있는 부분이 아니었기 때문이다.

물론 식도락을 즐기는 차준후로서는 여유롭게 식사를 즐기는 프랑스 스타일이 더 끌리는 건 사실이었다.

그렇게 화기애애하게 식사를 이어 가던 그때, 차준후는 구내식당 한구석에 비치된 TV를 발견했다.

TV에서는 프랑스 뉴스 채널에서 보도가 이어지고 있었다.

무슨 내용일까 음식을 삼키며 화면에 시선을 고정하던 순간이었다.

"컥!"

음식을 삼키던 차준후가 캑캑거렸다.

갑작스럽게 TV 화면에서 그의 얼굴이 나온 탓이었다. LNG 탱크 실험에 성공했을 때 찍힌 그의 모습이었다.

"대표님, 어서 드세요."

실비아 디온이 서둘러 물컵을 건넸다.

"고마워요."

"괜찮으십니까?"

샤를 보르도가 걱정스러워했다.

"아직도 저 기사가 계속 보도되고 있을 줄은 몰랐네요."

"시간이 좀 흘렀지만 여전히 세계에서 가장 뜨거운 화제 아닙니까? 차준후 대표가 이곳에 있다는 게 알려지면 기자들이 몰려들 겁니다."

LNG 탱크 실험이 성공적으로 끝나며 차준후는 언론 관계자들이 가장 만나고 싶어 하는 인물 중 하나로 꼽혔다.

실제로 인터뷰 제안과 프로그램 게스트로 초청하고 싶다는 제안이 무수히 날아왔다.

물론 그러한 제안들은 실비아 디온의 선에서 모두 퇴짜를 맞았다. 바쁜 차준후가 그러한 자리를 달가워하지 않는다는 걸 누구보다 잘 알고 있는 그녀였다.

"그런 일은 사양입니다. 이후에도 예정된 약속이 있어서 기자들과 만날 시간은 없습니다."

이후 프랑스 정부의 고위 관료들과 약속이 예정되어 있었다.

최근 여러 인사들과 쉴 틈 없이 만난 탓에 가뜩이나 지쳤는데, 기자들에게까지 시달리고 싶진 않았다.

"대표님의 업적을 쭉 열거해 주고 있네요. 어떤 뉴스인지 궁금하시면 통역해 드릴까요?"

실비아 디온은 프랑스어까지 섭렵했다. 차준후가 따로 통역가를 대동하지 않고 움직일 수 있는 건 그녀 덕분이기도 했다.

"아니요. 괜찮습니다."

"칫!"

뉴스 내용을 토씨 하나 틀리지 않고 차준후에게 전달한 자신이 넘쳤던 그녀였다.

차준후의 대단함을 모두에게 자랑하고 싶었던 실비아 디온은 차준후가 거절을 하자 볼이 살짝 부풀어 올랐다.

잠시 후 구내식당에서의 식사를 끝마친 차준후는 다시 코타사를 둘러보기 시작했다.

그리고 모든 견학을 끝마친 뒤, 기술 협력을 받아들이기로 결정했다.

코타사는 스카이 포레스트의 화장품 제작 공법에 관심이 많은 반면, 차준후는 코타사의 기계 설비 등에 관심이 많았다.

코타사와 스카이 포레스트는 각자 서로에게 도움이 되는 방향에서 제공할 수 있는 기술을 제한적으로 공유하기로 했다. 코타사는 전면적인 기술 공유를 원했지만 차준후가 거절했다.

차준후는 이번 기술 협력이 사실상 스카이 포레스트가 이득을 보는 구조라고 생각했다.

스카이 포레스트에서 제공하기로 한 기술들이 대부분 이미 각국의 기업들도 연구에 매진하고 있으며, 얼마 지나지 않아 개발을 끝마쳐 보편화될 것임을 알고 있었기 때문이다.

물론 그렇다고 해서 코타사에게 이득이 없는 건 아니었다.

"코타사에 새로운 변화와 도약의 발판을 준 것에 감사드립니다."

샤를 보르도가 환하게 웃었다.

"스카이 포레스트가 얻은 이익도 많습니다."

"두 기업 모두에게 좋은 기술 협력이지요."

언젠가는 개발될 기술이라고는 하나, 코타사는 스카이 포레스트와의 기술 협력을 통해 연구 개발 시간과 비용을 크게 줄일 수 있게 되었다.

이렇게 단축된 시간을 통해, 다른 경쟁사들을 제치고 시장을 선도할 기회를 잡게 된 것이나 다름없었다.

이는 엄청난 경제적 이익을 가져올 수 있었다.

그에 샤를 보르도는 서로 공평한 이득을 보는 기술 협력이라고 느꼈다.

"앞으로 잘 부탁드립니다. 조만간 한국으로 날아가겠습니다."

"한국에 오시면 맛있는 한식을 접대해 드리겠습니다."

이렇게 아시아의 작고 가난한 나라 대한민국의 스카이 포레스트와 세계적으로 명성이 자자한 프랑스의 코타사가 기술 협력을 맺었다.

원 역사에서 오대양은 상당히 불합리한 조건으로 코타

사와 기술 협력을 맺었었다. 물론 그 기술 협력을 통해 크게 성장할 수 있긴 했지만, 상대적으로 불합리한 조건인 것이 사실이었다.

두 기업의 위치에 차이가 컸기에 오대양의 서환성은 그것을 감내할 수밖에 없었다.

그러나 이번 스카이 포레스트와 코타사의 기술 협력에서는 여러모로 스카이 포레스트가 더 이득을 보는 구조였다.

지금의 대한민국 화장품이, 스카이 포레스트의 화장품이 전 세계 최고의 화장품과 비교해도 손색이 없다는 것이 재차 증명되는 순간이었다.

샤를 보르도와 훈훈하게 인사를 끝마친 차준후는 곧장 장소를 이동해 에펠탑이 보이는 건물에서 프랑스 고위 관료들과 LNG 특허와 스카이 포레스트 유럽 법인, 지사 유치 등에 대한 회담을 이어 나갔다.

"유럽 법인을 세우실 거라면 프랑스에서 세우시는 게 여러모로 유리합니다. 화장품 판매량은 유럽 어느 국가도 프랑스를 절대 따라올 수 없습니다. 다른 국가에서 한 개를 팔 때, 프랑에서는 열 개가 팔릴 겁니다."

"알고 있습니다."

"세제 혜택과 자금 지원 등을 약속드리겠습니다. 프랑스 파리에서 스카이 포레스트의 유럽 법인을 봤으면 합

니다."

 프랑스는 스카이 포레스트의 법인이 유럽 어느 국가보다 자국에 설립되었을 때 화장품 판매 등에서 여러모로 이득을 볼 수 있다는 걸 강조했다.

 그러나 실제 설명되는 세제 혜택과 자금 지원의 규모가 덴마크보다 크지 않았다. 자국 기업들의 눈치를 본 탓이었다.

 프랑스 정부는 외국 기업인 스카이 포레스트의 법인이 유치되면서 발생할 코타사를 비롯한 자국 기업들의 피해를 경계했다. 그 탓에 스카이 포레스트에 줄 수 있는 혜택을 가능한 최소화하고자 했다.

 "고민해 보겠습니다."

 차준후가 판단을 유보했다.

 차준후는 유럽 법인의 설립에 다소 회의적이었다. 언젠가는 설립할 생각이 있지만, 당장은 해외 법인을 설립했을 때 겪을 불편한 점이 더 크게 다가왔다.

 영국의 외교부 장관인 찰스 바클리가 영국에 유럽 법인을 세워 달라고 요청했을 때도 단칼에 거절하지 않았던가.

 프랑스도 마찬가지였다. 지사 설립이라면 조금 더 고민해 보겠지만, 아직 유럽 법인은 시기상조라는 생각이 들었다.

솔직히 다소 빈약한 지원과 자국 기업들의 피해를 경계하고 있는 고위 관료의 모습이 실망스러웠다.

"고급 식당을 예약해 뒀습니다. 저녁을 함께하시는 게 어떻습니까?"

"개인적으로 해야 할 일이 있습니다."

차준후가 완곡하게 식사 자리를 거절했다.

"아쉽군요. 시간이 되실 때 알려 주십시오. 프랑스가 자랑하는 고급 식당을 예약해 두겠습니다."

"신경 써 주셔서 감사합니다. 이만 가 보겠습니다."

차준후는 서둘러 자리를 빠져나왔다. 시계는 오후 5시를 가리키고 있었다.

"개인적으로 해야 할 일이라는 게 어떤 건가요?"

실비아 디온이 물었다.

그녀가 알기로 더 이상 오늘 정해진 스케줄은 없었다. 자신이 파악하지 못한 스케줄이 있다면 비서실장으로서 업무 태만이었기에 그녀는 충격이 컸다.

"식사 자리를 거절하기 위한 핑계였습니다. 그렇다고 아예 거짓말이라고 할 수도 없죠. 파리 시내를 돌아다니고 싶었으니까요."

차준후는 외국에 나와서도 정해진 일과 시간 이후로는 업무를 보고 싶지 않았다.

그 대답에 실비아 디온은 자신이 실수한 것이 아님을

깨닫고 안도할 수 있었다.

"옆에서 보좌해도 될까요?"

"자유 시간을 따로 갖지 않아도 되겠어요?"

"대표님과 함께 있는 시간이 제 자유 시간이에요."

차준후가 실비아 디온과 함께 여유롭게 파리의 길거리를 걷기 시작했다.

그들의 주위를 마이크를 비롯한 경호원들이 호위했다. 주변에 사람들이 많았기에 경호하기가 쉽지 않은 파리 시내였다.

경호원들이 곤욕스러워했지만 차준후는 바쁘게 업무를 봤을 때와 달리 서두르지 않고 여유롭게 돌아다녔다.

타임머신을 타고 과거로 온 느낌이랄까?

아니, 회귀한 차준후는 실제로 타임머신을 탄 것이나 다름없었다.

"커피?"

차준후의 시선이 어디선가 전해져 오는 진하고 고소한 커피 향기를 따라갔다.

노천카페에서 커피를 내리고 있었다.

발걸음이 자연스럽게 카페로 향했다.

"얼음을 구해 올까요?"

실비아 디온은 차준후가 원한다면 얼음을 공수해 올 작정이었다.

"괜찮습니다. 때로는 따뜻한 커피도 매력적이죠."

카페에서 따뜻한 커피 한 잔을 마시며 주변을 둘러봤다. 카페의 스피커를 통해 음악이 잔잔하게 흘러나와서 귀를 즐겁게 만들어 줬다.

제6장.
선물

선물

 고풍스러운 건물로 가득한 도시였다.
 에펠탑이 보였고, 개선문, 루브르 박물관, 노트르담 성당 등이 수백 미터의 거리를 두고 우뚝 서 있었다. 어디를 살펴봐도 문화와 예술이 가미되어 있었다.
 "다 마셨으면 움직입시다."
 "어디로 가실 건가요?"
 "목적 없는 발걸음도 괜찮죠. 정해 놓지 말고 발걸음이 닿는 대로 움직여 보죠."
 언제 또다시 이렇게 프랑스에서 여유롭게 시간을 보낼 기회가 올지 알 수 없었다.
 차준후는 지금 이 순간을 마음이 가는 대로 편하게 즐기고 싶었다.

실비아 디온은 사색에 잠긴 차준후를 방해하지 않은 채 곁에서 조용히 따라 걸었다.

"음!"

차준후의 시선이 젊은 남녀에게 머물렀다.

세련되게 입는 미남미녀가 길거리에서 다정하게 팔짱을 끼고 다니다가 가볍게 입맞춤을 했다.

두 연인이 뭐가 좋은지 즐겁게 웃었다.

길거리를 지나다니는 행인들이 두 남녀의 키스를 자연스럽게 받아들였다.

유럽인들은 길거리에서도 애정 표현을 서슴없이 했고, 그것을 아무렇지도 않게 받아들였다.

차준후는 그런 자유로운 모습에서 21세기의 대한민국을 떠올렸다.

'대한민국의 진정한 자유는 언제 찾아올까?'

물리적 자유를 뜻함이 아니었다.

경제적, 문화적 자유 등이 지금의 대한민국에는 없었다.

가령 지금의 대한민국 길거리에서 저런 식으로 젊은 남녀가 입맞춤을 했다가는 어르신들에게 말세라며 손가락질을 받을 것이 분명했다.

세계의 변화에 발맞춰 대한민국도 빠르게 변화하고는 있었지만, 여전히 선진국들과 비교하면 시대착오적인 모습에서 벗어나지 못했다.

그러나 그것은 오로지 지독한 가난 때문이다.

그저 하루하루 살아가기 바쁜 대한민국에서는 새로움과 변화를 추구하기 힘들기에 쳇바퀴 굴러가듯 똑같은 삶을 반복할 수밖에 없었다.

하지만 변화는 곧 찾아오게 될 것이다.

스카이 포레스트는 세계적인 대기업으로 점차 성장해 가고 있었고, 이는 대한민국의 경제 성장 큰 원동력이 되어 주었다.

대한민국은 원 역사보다도 빠르게 변화하며 성장할 것이었다.

연인들에게 시선을 돌린 차준후는 다시 천천히 파리의 거리를 감상하기 시작했다.

차준후가 발길이 닿는 대로 돌아다니다가 아까 전 차를 타고 지나친 샹젤리제 거리에 도착했다.

분위기가 다른 거리들과 확연히 달랐다.

에르메, 루이뷔, 샤널 등 고급 의상실과 부티크 등이 즐비한 거리는 무척이나 화려했다. 어둠이 깔리려고 하는 거리에는 조명들로 환하게 빛나고 있었다.

낮보다 밤이 더욱 화려한 거리였다.

프랑스 현지인들과 수많은 관광객이 웃으면서 자유롭게 돌아다니고 있었다.

에르메, 루이뷔, 샤널의 쇼윈도를 구경하면서 차준후

선물 〈171〉

가 걸었다.

'음! 이 시대에는 이런 게 유행하고 있구나.'

차준후가 패션과 핸드백 등 유행을 선도하고 있는 명품 매장의 제품들을 유심히 살폈다.

눈에 들어오는 모든 것이 공부였다.

그러면서 1961년에 출시하거나 내놓을 머릿속의 지식들에 대해서 간추렸다.

'멋있어.'

실비아 디온이 생각에 잠긴 차준후를 보면서 흐뭇한 표정을 지었다. 집중하고 있는 사내의 모습이 그녀의 마음을 간지럽혔다.

차준후를 따라 실비아 디온과 일행들이 끊임없이 움직였다.

그때, 명품을 판매하는 다올 상점이 차준후의 시야에 들어왔다.

다올은 세계적인 명품 회사로 패션, 뷰티, 향수 등으로 유명하다.

앞으로 스카이 포레스트가 나아갈 길을 먼저 걸어가고 있는 회사였다.

지금까지는 눈으로만 살펴봤는데, 다올 매장의 안으로 들어가고 싶은 마음이 들었다. 프랑스까지 왔으니 이 시대의 경쟁 업체를 유심히 살펴봐야 하지 않겠는가.

그리고 경쟁 업체를 살펴보는 동시에 실비아 디온에게 선물을 해 주고 싶었다. 매장에 방문해서 가볍게 둘러만 보고 나올 수도 있었지만 그러고 싶지 않았다.

'실비아에게 무척이나 어울리겠는데……'

쇼윈도에 있는 마네킹들이 세련된 옷을 걸치고 있었는데, 실비아 디온에게 안성맞춤처럼 보였다.

"비서실장님."

"네."

"선물을 해 드리고 싶어요. 생각해 보니까 그동안 너무 많은 걸 일방적으로 받기만 했네요."

많은 보수를 지급하고 있었지만 실비아 디온은 그것보다 몇 배로 더 차준후에게 뜻깊은 존재였다.

옆에서 하나하나 세심하게 신경 써 줄 때마다 고마웠다. 만약 실비아 디온이 없었다면 꽤 고생해야만 할 상황도 많았다.

"마음에 드는 걸 전부 고르면 되나요?"

실비아 디온이 반색했다.

프랑스의 거리를 함께 걷는 지금만 해도 선물과도 같은 일상이었다.

그런데 선물까지 주겠다고?

감격스러웠다.

돈을 떠나서 차준후에게 받는 선물이었다. 그 가치는

그녀에게 있어서 돈으로 따질 수 없었다.

그리고 돈은 그녀도 많았다. 원하면 지금 눈앞의 다올 상점의 모든 상품을 구매하는 것도 가능했다.

여기 상품 다 주세요!

투자 감각이 좋은 그녀는 차준후를 만나기 전부터 엄청난 자산을 보유하고 있었다. 세계 10대 무역상사를 차릴 정도로 능력자인 동시에 갑부였다.

그러나 차준후는 그녀보다 더욱 갑부였다.

"부담 없이 고르세요."

차준후가 호기를 부렸다.

열심히 땀 흘려 돈을 번 이유가 뭐겠는가.

조국에 대한 애국심도 있지만, 쓰기 위함이었다.

가장 가까운 곳에서 많은 도움을 주는 실비아 디온을 위해 돈을 쓰는 건 하나도 아깝지 않았다.

근래 자신도 그렇지만 실비아 디온도 중요한 자리에 많이 참석하고, 왕족과 국가의 고위 관료들을 많이 만나고 있었다.

왕족과 고위 관료들은 옷차림에 대한 기준이 엄격했다.

상대의 기준에 무조건 맞춰 줄 필요는 없지만 옷차림은 상대방에 대한 존중과 예의이기도 했다.

"좋아요."

"들어가요, 대표님."

다올 상점에서 쇼핑하는 실비아 디온의 얼굴에 보조개가 피어났다.

"이 핸드백 어때요? 저와 어울리나요?"

그녀가 우아한 디자인의 다올 핸드백을 메고서 차준후 앞에서 한 바퀴 돌았다.

다올 핸드백보다 엉덩이까지 살짝 내려온 금발을 찰랑거리는 모습이 더욱 인상적이었다. 톱모델에 비해 전혀 부족하지 않은 미모였다.

표정이 다소 차갑다는 점이 살짝 아쉬울 뿐이었다.

그런데 지금은 그 얼음공주가 표정을 드러내며 즐거워하고 있었다.

"어울리네요. 무난하게 착용할 수 있어 보입니다."

다올 핸드백이 실비아 디온의 매력을 더욱 돋보이게 만들어 줬다.

가볍게 코디하기 좋은 가방이었다. 정장을 입고 있는 실비아 디온에게 잘 어울렸다.

정장뿐만 아니라 캐주얼 복장에도 전혀 어색해 보이지 않으리라!

다올 제품들의 디자인에는 일상생활에 어울려야 한다는 크리스찬 다올의 가치관이 고스란히 담겨 있었다.

문득 저런 가방을 스카이 포레스트에서도 만들면 좋겠

다는 생각이 들었다.

실비아 디온이 크고 화려한 옷과 가방들보다 우아하면서 실용성을 갖춘 물건들을 찾았다. 애초 화려한 걸 좋아하지 않기도 했지만 차준후의 취향을 고려한 선택이었다.

오랜 시간 함께하면서 차준후의 취향을 꿰뚫어 보고 있었다.

봐라!

지금 차준후가 입고 있는 옷도 명품이지만, 결코 명품임을 대놓고 티 내지 않았다. 천천히 뜯어봤을 때 비로소 명품임을 알 수 있는 옷이었다.

실비아 디온이 차준후 앞에서 핸드백, 의류 등으로 패션쇼를 펼쳤다. 자연스럽게 매장 안의 다양한 물건들을 건드리고 돌아다녔다.

탈의실로 들어간 실비아 디온을 보면서 한 여점원이 미간을 찌푸렸다.

"매장 분위기를 흐려 놓고 있네. 한마디 해 줘야겠어."

물건을 사지 않고 구경만 하고 나가는 사람들이 적지 않았다. 판매하는 물건들이 엄청난 고가였기에 살펴만 보고 나가는 사람들이 많았던 것이다.

"멈춰."

황급히 달려온 선배 점원이 탈의실로 향하던 여점원을 말렸다.

"왜 그러세요?"

"지금 뭐 하려는 건데?"

"저기 저 동양인 남자랑 함께 소란을 피우고 있는 여성에게 한마디 해 주려고요."

"뭐? 너 미쳤어?"

"네?"

"잘 봐. 저 남성분이 걸치고 있는 옷과 시계를. 그리고 여성분이 탈의실에서 나오면 그분이 걸치고 있는 옷과 액세서리도 살펴보고. 그게 다 얼마일 거 같아? 다 합치면 어지간한 집 한 채 가격은 가뿐히 넘을걸?"

그 지적에 여점원은 차준후가 차고 있는 시계를 자세히 살피기 시작했다.

그리고 점점 눈이 커지기 시작했다.

"아!"

왜 알아보지 못했을까?

차준후가 차고 있는 시계는 세계적인 스위스 명품 브랜드 제품으로, 그녀가 몇 년을 일한 돈을 전부 저금해도 살 수 없을 만큼 엄청난 고가의 제품이었다.

여점원은 자신이 아주 큰 실수를 할 뻔했다는 걸 자각했다.

선배가 만류하지 않았더라면 엄청난 VIP에게 분노를 살 뻔했다.

상류층들은 체면을 무척이나 신경 쓴다. 고가의 옷을 입는 건 편안함도 있지만, 체면 때문이기도 하다.

그런데 일개 매장 직원에게 체면이 구겨진다?

대부분의 이들은 화를 참지 않고 매장에 항의를 했으며, 그 탓에 해고된 직원들의 수는 적지 않았다.

이러한 일들이 브랜드의 이미지 실추로도 이어질 수 있었으니 매장으로서는 당연한 조치였다.

"앞으로 어떤 손님이든 최선을 다해 정중하게 모시려고 노력해. 다올의 이미지는 우리를 통해 만들어지기도 하니까."

현재 다올은 할리우드 배우를 비롯한 여러 톱스타들을 활용한 마케팅을 펼치며 명품의 이미지를 굳혀 나가고 있었다.

영미권에서의 명성은 전과 비교할 수 없을 만큼 늘어났고, 영국의 왕실에서 비공개 패션쇼가 열릴 정도로 엄청난 인기를 누렸다.

영국 왕실의 엘리자베 공주와 마거 공주의 다올 사랑은 무척이나 유명했다.

"죄송해요."

여점원이 방금 전 자신의 어리석은 행동을 반성했다.

그때, 미니스커트로 갈아입은 실비아 디온이 탈의실에서 나왔다.

그녀가 걸을 때마다 찰랑이는 금발에 가려져 있던 귀걸이가 조명에 반짝였다. 다이아몬드를 비롯한 작은 보석들이 세공되어 있는, 한눈에 봐도 예사롭지 않은 귀걸이였다.

순간 실비아 디온과 시선을 마주친 여점원은 움찔하더니 어색하게 웃었다.

"흥!"

실비아 디온은 여점원이 왜 저런 반응을 보이는지 어렵지 않게 알아차렸다.

'다올은 다 좋은데 점원들 교육이 엉망이네.'

평소에는 베벌리힐스의 대저택을 사고도 남을 정도의 가격을 호가하는 액세서리를 착용하고 다니는 실비아 디온이었다.

그러나 차준후와 함께할 때는 남들의 눈에 띄고 싶어 하지 않는 그에게 맞춰 나름 검소하게 꾸미고 다녔다.

물론 그마저도 어지간한 집 한 채는 살 수 있을 정도의 가격이었지만, 아직 안목이 부족한 여점원은 그것을 바로 알아보지 못한 것이었다.

그렇지 않아도 실비아 디온은 아까 전부터 여점원이 불편한 시선을 던지는 탓에 불쾌하던 것을 간신히 참고 있었다.

만약 홀로 있었다면 이번 사안을 가볍게 넘어가지 않았

을지도 몰랐다. 무시당하고도 그냥 넘어가는 건 그녀의 성격이 아니었다.

하지만 지금은 차준후와 데이트 아닌 데이트를 즐기는 중이었다.

오늘 같은 기분 날을 점원과 다투면서 기분 나쁘게 만들고 싶지 않았다.

"대표님, 다올도 미니스커트를 출시했어요! 보세요!"

실비아 디온이 귀여운 반팔 니트 상의와 린넨 미니스커트를 입고 차준후 앞에서 빙글 돌았다.

패션 감각이 있었다.

두 개의 서로 다른 상의와 미니스커트가 세트처럼 어울렸다. 그러면서 그녀의 매력을 폭발적으로 끌어올려 줬다.

옷이 날개였다.

미국에서 대유행을 하고 있는 미니스커트를 빠르게 받아들인 다올이었다.

차준후의 영향을 짙게 받아 출시된 다올의 신상품 린넨 미니스커트는, 현재 다올에서 가장 많이 팔리는 제품 중 하나로 급부상해 있었다.

"어이쿠!"

차준후가 슬쩍 시선을 돌렸다.

너무 짧은 미니스커트였다.

고개를 돌렸음에도 불구하고 자꾸만 시선이 가려고만 했다. 아름다운 실비아 디온이 미니스커트를 입고서 움직이는 모습이 너무나도 매력적이었다.

남성의 심장을 강렬하게 저격하는 미니스커트 복장이었다. 다올에서 미니스커트가 많이 팔리는 데에는 다 이유가 있었다.

차준후는 자신이 유행을 선도하는 세상에서 살아가고 있었다.

실비아 디온이 움직일 때마다 린넨 미니스커트가 조금씩 흔들렸다.

그 모습이 무척이나 인상적이었다.

매장 안에 있던 손님들의 시선이 그녀에게 집중됐다.

때마침 매장 앞을 지나치던 남성의 발걸음이 멈췄고, 그녀의 애인이 남자의 옆구리를 꼬집는 해프닝까지 벌어졌다.

실비아 디온은 차준후가 자신에게 이성으로서의 매력을 느끼길 바랐다.

그리고 그 의도는 보기 좋게 성공했다.

"실비아를 위해 출시된 옷 같네요. 이건 꼭 사야겠어요."

실비아 디온의 새로운 매력을 알게 된 차준후였다.

항상 정장만을 입고 다니던 모습과는 분위가 완전히 달랐다. 입고 있는 옷만 바뀌었을 뿐인데, 사람 자체가 바뀐 것처럼 느껴졌다.

미니스커트를 입은 실비아 디온이 풋풋하고 싱그러운 매력을 마음껏 뽐냈다.

아름다운 여인의 변신은 눈부셨다.

"고마워요."

실비아 디온이 살포시 웃었다.

상류 집안에서 태어났을 뿐 아니라, 아름다운 외모까지 타고났던 그녀는 지금껏 수많은 남자에게 선물을 받아 봤다.

그러나 그 선물들이 얼마나 아름답고 비싸다 하더라도 그녀의 심장을 두근거리게 만든 적은 단 한 번도 없었다.

심지어 미국의 재벌가 자제에게 선물을 받은 다이아몬드가 박힌 고가의 시계도 집 안 어딘가에 처박혀 먼지만 쌓여 가고 있었다.

그런데 지금은 왜 이리 심장이 두근거리는 걸까?

명품이라고는 하나 고작 옷 몇 벌에 그녀의 심장은 미친 듯이 두근거렸다.

'이것이 좋아한다는 감정일까?'

그녀의 뽀얀 얼굴이 살짝 상기됐다.

'마치 데이트 같잖아.'

실비아 디온은 속으로 부르짖었다.

사실 지금껏 그녀는 단 한 번도 남성과 데이트를 해 본

적이 없었다. 그동안 그 어떤 남자와도 함께 있고 싶다는 생각을 해 본 적도 없었다.

그러나 지금, 차준후 함께하는 쇼핑은 무척이나 즐거웠다.

그가 잘 어울린다고 말하는 옷을 하나둘씩 사나 보니 벌써 양손에 물건이 가득했다. 평소 필요한 물건들만 합리적으로 빠르게 구매하던 그녀였으나 오늘은 너무나도 충동적으로 변했다.

"대표님, 이건 어때요?"

"그건 남자 옷이잖아요?"

차준후가 어리둥절한 표정을 지었다.

"대표님께 제가 선물해 드릴게요. 저만 선물을 받으면 미안하잖아요."

실비아 디온이 차준후에게 어울려 보이는 옷을 손에 들고 있었다.

고마운 감정은 솔직히 차준후보다 실비아 디온이 더욱 컸다. 항상 메마르고 건조한 성격인 탓에 오해도 많이 샀고, 사람과의 관계에서도 문제도 제법 많았다.

그런데 차준후와 함께하면서 그런 문제점들이 모두 묻혀 버렸다.

실비아 디온에게 차준후는 무척이나 고마운 사람이었다.

고마운 차준후와 함께 다올 옷을 같이 입으면?
커플복처럼 보이지 않을까?
속으로 앙큼한 생각을 해 버렸다.
"입어 볼게요."
차준후가 탈의실에서 옷을 갈아입고 나왔다.
"괜찮나요?"
"정말 잘 어울려요."
신경을 써서 고른 정장이 차준후의 매력을 더욱 돋보이게 만들었다.
"선물 잘 받을게요. 저도 마음에 드는 옷입니다."
"다음에 미국에 갈 일이 있으면 제가 아는 양복점을 소개해 드릴게요. 그곳의 옷도 대표님에게 선물해 드리고 싶어요."
다올의 옷은 주 고객층이 서양인인 탓에, 서양인의 체격에 맞춰져 있었다.
물론 워낙 옷걸이가 좋은 차준후였기에 잘 어울리긴 했지만, 실비아 디온의 심미안에는 다소 아쉬운 부분도 눈에 들어왔다.
"그래요? 실비아가 좋은 곳이라고 하면 가 봐야죠."
차준후가 추천을 받아들였다.
"간판도 걸지 않고 원하는 손님만 선택해서 받는 곳인데, 대표님이 간다고 하면 가게 앞에 레드카펫까지 깔고

반길 거예요."

미국의 최상류층들 사이에만 암암리에 알려진 양복점이었다. 그곳에서 정장을 주문할 수 있는 이들만이 진정한 상류층이라는 말까지 떠돌 정도였다.

실비아 디온은 앞으로 차준후의 옷과 액세서리 등에 조금 더 신경 쓰기로 마음먹었다.

오늘은 다행히 별 소란 없이 조용히 넘어갔지만, 이렇게 쇼핑을 하러 나왔을 때 또다시 불편한 시선을 받는 일은 피하고 싶었다.

다른 건 다 참아도 차준후가 무시받는 것만큼은 싫었던 것이다.

"대표님에게 어울리는 구두를 찾아왔어요. 이거 신어 보세요."

"제 취향을 잘 아시네요. 실비아와 함께 쇼핑하면 전 그냥 앉아 있기만 해도 되겠어요."

차준후가 이번에도 실비아가 추천한 구두를 신으며 만족스러워했다.

실비아 디온이 다올 상점을 털어 버릴 듯이 쇼핑했다.

폭풍처럼 쇼핑을 휘몰아쳤다.

매섭게 상품들을 구매하는 두 남녀를 보면서 매장 매니저와 직원들이 함박웃음을 지었다.

처음에는 구경만 하는가 싶던 두 사람은 계산대에 물건

들을 빠르게 쌓아 올리기 시작했다.

이내 계산대에는 다올 상점에서도 값비싼 프리미엄 라인의 제품들도 한가득 채워졌다.

"전부 결제해 주세요."

"네, 고객님."

차준후가 계산을 하려던 그때, 실비아 디온이 끼어들었다.

"아, 이것들은 따로 계산할게요."

"제가 계산해도 되는데……."

"안 돼요. 그러면 제가 선물하는 게 아니게 되잖아요."

실비아 디온은 차준후의 물건은 그녀의 돈으로 계산을 끝마쳤다.

계산대 위에는 엄청난 양의 쇼핑백이 쌓였다. 차준후와 실비아 디온 둘이서 옮길 수 있는 양이 아니었다.

"머무는 곳을 알려 주시면 구매하신 상품들을 곧바로 배송해 드리겠습니다."

"아뇨. 괜찮아요. 마이크 삼촌!"

실비아 디온이 가볍게 손을 흔들었다.

주변에서 경호를 하고 있던 경호원들이 매장 안으로 몰려들어 쇼핑백을 두 손 가득 들어 올렸다. 계산대 위에 있던 쇼핑백들이 경호원들에 의해 깨끗하게 정리됐다.

차준후와 실비아 디온이 경호원들과 함께 다올 상점을

빠져나갔다.

매장 안의 사람들의 눈이 휘둥그레졌다. 그리고 좀처럼 보기 힘든 신기한 광경에 호들갑스럽게 떠들어 대기 시작했다.

"경호원들이 몰려드는 거 봤어? 난 저 남자가 매장에 들어왔을 때부터 비범하다는 걸 알아봤지."

"대체 뭐하는 사람들이지? 경호원이 열 명도 넘어. 이름만 대도 알 만한 대기업 회장 아들일까? 아니면 아시아의 왕족일 수도 있어."

"아! 나 저 남자 누군지 알 것 같아!"

"누군데?"

"며칠 전부터 텔레비전에서 떠들고 있는 사람 있잖아."

"그래서 저 남자가 누구라는 거야?"

"덴마크에서 LNG 실험을 했다는 사람! 이름은 잘 모르겠어."

"아시아의 어디랬더라? 아무튼 거기서 온 동양인 천재가 저 사람이라고?"

"맞아. 그 남자가 틀림없어."

"동양인은 다 비슷하게 생겨서 잘 모르겠어."

"그 사람이 확실해! 와, 엄청난 돈을 버는 천재라더니 사실이었어."

"그런 사람이니까 저렇게 쇼핑할 수 있는 거겠지."

다올의 직원들도 방금 전에 나간 차준후에 대해서 이야기했다. 그렇지만 그녀들의 잡담은 곧 매니저의 제지를 받게 됐다.

"자, 여러분! 잡담 그만하고 잔뜩 비어 버린 진열대 채워야죠."

매니저가 직원들에게 일하라고 지시했다.

진열대의 물건들이 잔뜩 빠져서 새로운 정리가 필요했다. 직원들은 창고에서 새로운 물건을 꺼내 와서 진열하고, 정리해 나갔다.

다올 매장 밖으로 나온 차준후의 시야에 저 멀리 반짝거리는 유리 피라미드가 보였다.

"루브르 박물관이네요. 루브르 박물관은 오후 6시면 문을 닫아서 지금은 관람이 어려우실 거예요. 관람을 원하신다면 내일 관람하실 수 있도록 예약해 놓겠습니다."

실비아 디온이 차준후의 시선이 머문 곳을 곧바로 알아차렸다.

"아쉽지만 다음 기회에 방문하기로 하죠."

명성이 높은 루브르 박물관을 관람할 수 있었다면 좋았겠지만, 프랑스의 거리는 도처에 역사와 문화가 살아 숨쉬었다.

차준후는 따로 박물관을 찾지 않아도 충분히 프랑스를 느낄 수 있어서 만족했다.

번화가로 접어들자 사람들은 더욱 북적였다. 활력이 넘치는 거리였다.

해가 저무는 저녁만 돼도 거리가 침묵으로 가라앉기 시작하는 대한민국과 많이 달랐다.

스카이 포레스트가 채널 간판과 천일표 형광등 등을 유통하며 이전과는 많이 달라진 대한민국이었지만, 지금 눈앞의 거리와 비교하자면 아쉬운 게 사실이었다.

"먹고 싶은 요리가 따로 있나요?"

쇼핑하고 여기저기 돌아다니다 보니 어느덧 저녁 시간이 되었다.

"제가 분위기 좋은 곳을 알아봐 뒀어요."

실비아 디온은 먹는 걸 좋아하는 차준후를 위해 파리의 유명 음식점들에 대해 미리 조사해 두었다.

"저기 사람들이 길게 줄을 서고 있는 곳이에요."

프랑스에는 손님이 너무 많아 현지인들조차 좀처럼 방문하지 못하는 식당들이 있었는데, 지금 실비아 디온이 가리킨 식당이 바로 그런 곳이었다.

"음…… 너무 오래 기다려야 하지 않을까요? 다른 곳으로 가죠."

차준후는 아무리 맛있는 음식이라고 해도 한두 시간씩 기다려서 먹고 싶지는 않았다.

"걱정 마세요. 미리 예약을 해 뒀어요."

실비아 디온이 예약을 해 둔 식당은 이곳 말고도 열 곳이 넘었다.

차준후가 어떤 동선으로 움직일지 모르니, 예측되는 동선 안에 있는 유명 식당들을 전부 예약해 둔 것이었다.

물론 차고 넘치는 금액을 미리 지불해 두었고, 방문하지 않더라도 환불해 주지 않아도 된다고 미리 각 식당의 협조를 구해 두었다.

누군가는 이를 돈 낭비라고 지적할 수도 있을 것이다.

그러나 실비아 디온은 이렇게라도 차준후가 조금이라도 더 맛있는 걸 먹고 즐거워하길 바랐다.

차준후가 기뻐할 모습을 생각한다면 그녀에게 그 정도 돈은 아무것도 아니었다.

"제가 비서실장은 참 잘 됐습니다. 덕분에 이런 유명한 식당에서 식사를 해 보네요."

고급스러운 식당이었다.

식당 한쪽에서는 피아노와 바이올린 연주에 맞춰 노래를 부르는 무대까지 갖추어져 있었다.

차준후는 그 노래를 감상하며 천천히 메뉴판을 살폈다. 그러나 도무지 뭐가 무슨 요리인지 알 수 없었다.

실비아 디온이 차준후의 취향에 맞춰 적절히 메뉴를 주문했다. 유능한 비서실장이 있으니 확실히 여러모로 편했다.

"프랑스에 왔으면 와인 한 잔은 하셔야죠."
"마셔 봅시다."
"네."

실비아 디온은 이 식당에서 가장 잘나가는 레드와인을 주문했다.

차준후가 분위기 좋은 식당에서 편한 실비아 디온과 함께 와인을 마셨다. 주는 대로 홀짝홀짝 마시다 보니 흠뻑 취해 갔다.

비싼 와인이라 그런지 확실히 좋은 향기와 함께 목 넘김이 좋았다.

감미로운 음악에 취하고, 와인에 취하고, 분위기에 취하는 날이었다.

해가 저물면서 거리에는 가로등들이 일제히 빛을 토해 냈고, 상점들의 간판에 불이 들어왔다. 밤만 되면 깜깜해지는 서울의 거리와는 사뭇 다른 풍경이었다.

'21세기의 대한민국 같구나.'

창문 밖 파리의 모습을 보면서 차준후는 21세기 서울을 떠올렸다.

파리는 인간답게 살아갈 수 있는 여유를 간직한 아름다운 도시였다. 그에 반해 1960년대의 서울은 황폐했고, 여유롭게 살아갈 수 있는 사람들도 많지 않았다.

대한민국은 대체 언제쯤 이곳과 같은 여유와 문화, 부

유함을 즐길 수 있을까?

 21세기에서 살다가 1960년대로 회귀한 차준후에게 지금의 서울 풍경은 무척이나 이질적이었다. 이제는 조금 익숙해졌지만 여전히 낯선 부분도 많았다.

 1961년을 살아가면서도 때때로 차준후는 21세기를 바라보고 있었다.

 '가야 할 길이 멀다.'

 외국에 나와 보니 대한민국의 가야 할 길이 선명하게 보였다. 그리고 그 길을 탄탄하게 만드는 게 자신의 소임이라고 느꼈다.

 외국에 나오면 누구나 애국자가 된다고 하더니, 바로 차준후가 그랬다.

 가슴이 절로 뜨거워졌다.

 스카이 포레스트의 사업을 성장시키는 한편, 대한민국을 부강하게 만들 수 있는 방법들이 머릿속에 하나둘씩 떠올랐다 사라지기를 반복했다.

 차준후는 앞으로 나아가야 방향을 스스로 짚어 보고 있었다.

 '또 우수에 찬 눈빛을 보이시네.'

 실비아 디온이 차준후의 심경을 이해하려고 분주히 머리를 굴렸다.

 때때로 왜 저렇게 안타까워하는 것일까?

와인을 마시는 그녀의 시선이 생각에 잠긴 차준후에게서 떠나지 않았다.
 프랑스에서의 하루가 지나가고 있었다.

조향사

 네 대의 검은색 벤츠 리무진들이 완만한 경사를 이루고 있는 산기슭 도로를 달리고 있었다. 드넓은 대지를 이동하고 있는 최고급 벤츠 리무진 중 하나에는 차준후가 타고 있었다.
 파리에서의 일정은 끝낸 차준후였다.
 '여기가 향수의 고장인 그라스구나.'
 그라스의 풍경을 바라보는 차준후의 눈빛이 또렷해졌다.
 천혜의 자연 환경을 자랑하는 프랑스 남부에 위치한 그라스의 봄 풍경은 아름다웠다.
 탁월한 품질을 자랑하는 그라스 장미들이 형형색색의 꽃을 피우고 있었다. 은은하고 싱그러운 향기가 살짝 열린 창문 사이로 스며들었다.

라벤더와 백합, 재스민, 장미 등 무수히 많은 꽃이 피어나는 대지가 끝없이 이어지는 그라스 지역이었다.

"꽃향기가 좋네요."

"그라스는 세계 최고로 꼽히는 꽃동네로 도시 전체가 향기로운 공기로 가득 차 있다는 찬사를 받을 정도죠. 비서실장님이 사용하는 샤넬의 NO.5의 주원료도 여기의 재스민을 사용해요."

"아! 제가 사용하는 향수를 알고 계셨어요?"

실비아 디온의 얼굴이 살짝 붉어졌다.

자신이 애용하는 향수를 차준후가 알고 있다니?

생각만 해도 기분이 설렜다.

"물론이죠. 화장품 사업을 주력으로 하는 사람이 어떻게 샤넬의 NO.5를 모르겠어요?"

차준후가 대수롭지 않게 이야기했다.

향수에 관심이 많은 사람이라면 금방 알아차린다.

샤넬 NO.5는 재스민 꽃향기를 기본으로, 80여 가지의 향기가 배합되어 화려하고 매혹적인 향기를 뿜어낸다.

따뜻하면서도 차고, 달콤하면서도 떫다고 할까?

여성의 다면적이며 모순적인 특성을 담고 있다.

세계 최초의 알데히드 향수이며, 향수의 왕좌에 앉아 있다고 해도 과언이 아니다. 오랜 세월이 흐르고, 21세기까지도 전설적인 명성을 이어 나가며 오랜 시간 왕좌에 머무른다.

샤넬 NO.5가 왕좌를 차지하는 과정에서는 한 가지 커다란 사건이 있었다.

미국의 유명 배우 마릴 먼로가 잠들기 전 몸에 뿌리고 잔다는 인터뷰를 한 뒤로, 고급 향수의 대명사로 떠올랐던 것이다.

환상적인 향기는 샤넬 스타일의 마지막을 완성시켜 주는 핵심 요소가 됐다.

쳇!

실비아 디온의 혀 차는 소리가 살짝 차 안에 울렸다.

설렜던 감정이 빠르게 식어 가는 느낌이었다.

마을과 마을들로 이루어져 있는 도시에는 골목마다 향수 가게, 꽃가게와 증류 공장, 비누 공장 등이 보였다. 상점에 걸려 있는 간판들이 대부분 무척이나 고풍스러웠다.

형형색색의 꽃들로 아름다운 꽃밭이 아기자기하게 펼쳐져 있었다. 꽃들이 뿜어내고 있는 짙은 향기와 형형색색의 꽃잎들이 무척이나 선명했다.

사람들의 눈과 마음을 사로잡을 꽃들이었지만, 그 안에서 땀 흘리며 일하는 빌바오 샤르트르에게는 그저 일거리일뿐이었다.

꽃들이 자라나기 좋은 봄이었다.

그리고 꽃들이 자라나는 것보다 잡초들이 더욱 풍성하게 삐죽삐죽 대지에서 튀어나왔다.

넓은 화원에서 잡초를 제거하고, 꽃에 물을 주고, 식재하는 작업 등은 상당한 중노동이었다.

"허리 아파! 힘들어."

젊은 나이에 창업을 했다가 실패를 한 빌바오 샤르트르는 이후 꽃밭에서 뼈가 부서져라 일하게 되었다. 그에게 창업 자금을 대 줬던 부모님의 농장에서 빚을 갚기 위해 일하게 되었던 것이다.

그는 하루 종일 중노동을 하는 것으로 부모님에게 빌렸던 돈을 조금씩 갚아 나갔다.

다행스럽게도 부모님이 무이자로 빌려줬지만, 원금을 갚아 나가는 것만으로도 버거운 처지였다.

"젠장! 향수 사업을 하는 게 아니었어. 그냥 다달이 받는 월급에 만족하면서 살 걸 괜히 사업을 하겠다고 난리를 쳤다가!"

빌바오 샤르트르가 자책을 했다.

그는 어렸을 적부터 향수에 관심이 많았다.

세계 최고의 꽃동네의 그라스에서 태어나, 부모님이 운영하는 농장에서 꽃잎과 건초를 압축해 원액을 얻는 과정을 보면서 자란 영향이었다.

커서도 향수에 대한 관심을 사그라지지 않았고, 그는

대학교에서도 화학, 화공 분야를 전공으로 하여 공부에 매진했다.

그렇게 대학을 졸업하게 된 빌바오 샤르트르는 곧장 부모님에게 돈을 빌려 향수 사업을 시작했다.

처음에는 자신감이 넘쳤다.

그는 자신이 만들 수 있는 최고의 향수를 만들었고, 누구든 그 향에 빠져들지 않을 수 없을 것이라 여겼다.

"평은 괜찮았는데……."

실제로 시판된 향수들은 평이 무척 좋았다.

그러나 프랑스의 향수 시장은 이미 유명 브랜드가 장악하고 있었고, 충분한 자금이 없었던 빌바오 샤르트르에겐 그의 향수를 대중들에게 홍보할 만한 여력이 부족했다.

결국 그가 만든 향수들은 쓸쓸히 시장에서 자취를 감췄고, 결국 빌바오 샤르트르는 많은 빚을 져야만 했다.

만약 은행에서 빌렸다면 지금쯤 이자로 허덕거렸으리라!

"대학까지 나온 엘리트인 내가 꽃밭에서 거름이나 나르고, 잡초를 뽑으면 지낼 줄을 몰랐다. 아, 인생이여! 참으로 허망하구나!"

그는 꽃을 구경하는 건 좋아해도 꽃밭에서 일하는 건 싫었다.

그러나 부모님이 빌린 돈을 모두 갚기 전까진 농장을 벗어날 방법은 없었다.

"빌바오, 장미를 다섯 단만 수확해 줘! 꽃집에 납품해야 해."

"잡초 뽑고 있잖아요. 다른 사람에게 부탁하거나 가일 아저씨가 하세요."

"사장님이 게으름 피우지 말고 빨리 처리하라고 했어."

"에이! 알았어요."

빌바오 샤르트르가 잡초 뽑던 걸 멈추고 장미들이 있는 밭으로 이동했다.

툭! 툭!

가위를 짧은 곡선으로 움직여 가면서 장미를 수확하기 시작했다. 허리랑 어깨의 힘으로 부드럽게 움직일 때마다 장미꽃들이 빌바오 샤르트르의 품에 안겼다.

"와! 아무리 봐도 신기하단 말이야. 저런 천부적인 자질을 갖추고 있으니 사장님이 저 녀석을 어떻게든 농장에 붙잡아 두려고 하시는 거지."

지켜보고 있던 일꾼이 혀를 내둘렀다.

빌바오 샤르트르!

통칭 게으른 화원의 천재.

이곳 아인농장에서 가장 손놀림이 빠르고 일솜씨가 좋은 일꾼이 바로 빌바오 샤르트르였다.

정식으로 배우지 않고 틈틈이 어깨 너머로 어렸을 때부터 배운 솜씨가 이 정도였다. 정식으로 배우면 어디까지 올라가게 될지 상상이 가지 않았다.

"가일 아저씨! 여기요!"

빌바오 샤르트르가 순식간에 수확한 장미들을 가일에게 넘겼다.

"수고했다."

"어! 오늘 견학 있어요?"

"아, 동양인 한 명 온다고 했어."

"한 명이 아닌데요?"

"일행인가 보지. 나는 장미를 건네주러 가야 하니까 수고해라. 그리고 사장님이 장미 화원에 잡초가 많다고 오늘 중으로 정리하라고 이야기하셨어."

"쳇! 쉴 새 없이 부려 먹는구나. 악덕 사장 같으니라고."

꽃밭으로 들어오고 있는 동양인 일행을 살피던 빌바오 샤르트르가 잡초들을 정리해 가기 시작했다. 툴툴거리던 것과 달리 구슬땀을 흘려 가면서 열심히 작업하였다.

차준후가 아인농장을 방문했다.

아인농장은 그라스 지역에서 흔히 볼 수 있는 규모의 농장이었다. 역사가 백 년을 넘는 농장이었으나 그라스의 유명 농장들과 비교하면 다소 손색이 있었다.

현 아인농장의 사장은 3대째 대를 이어 농장을 운영 중으로, 유명 농장들을 따라잡기 위해 쉴 틈 없이 노력했지만 아직 별다른 성과는 내지 못하고 있었다.

"여기 온실에서는 오직 그라스 장미만 재배합니다."

일명 센티폴리아 장미, 5월과 6월 사이 수확되는 그라스 장미는 섬세하면서도 달콤한 향을 자랑한다. 온실에서 조금 일찍 수확하는 그라스 장미는 없어서 못 팔 정도로 인기가 높았다.

"다른 그라스 장미들보다 화려하고 멋져 보입니다."

차준후가 달콤한 향기를 풍기고 있는 분홍빛 꽃들을 바라보면서 물었다.

"잘 보셨습니다. 더욱 좋은 품질의 장미를 재배하기 위해 접목하면서 개량하고 있으니까요. 다른 곳에서 찾아볼 수 없는 아인농장만의 그라스 장미이지요."

수확한 장미들은 전부 판매되지 않고 일부는 이곳 온실에서 품종을 개량하기 위한 실험에 사용되었다.

"이곳의 장미에서 추출한 원액으로 향수와 화장품들을 만들면 더욱 질이 높아지겠군요."

"물론이죠! 저희 아인농장의 그라스 장미 원액을 이용한 화장품이라면 분명 세계적인 향수도 만들 수 있을 겁니다!"

아인농장의 3대 사장인 장 샤르트르가 자부심을 드러냈다.

자신의 대에서는 어떻게든 농장을 유명 농장으로 거듭나게 만들고 싶었던 그는 지금 무척이나 흥분해 있었다.

프랑스 화장품 업계, 아니 전 세계 화장품 업계에서 무척이나 뜨거운 관심을 받고 있는 스카이 포레스트였다.

 당연히 장 샤르트르도 스카이 포레스트에 대해 익히 알고 있었다.

 그런 스카이 포레스트의 대표가 직접 자신의 농장을 방문했을 때 폴짝폴짝 뛰며 얼마나 기뻐했는지 모른다.

 만일 스카이 포레스트에 아인농장의 꽃을 공급하여 그것으로 만들어진 제품이 세상에 널리 알려진다면?

 아인농장은 단숨에 그라스를 대표하는 농장으로 거듭날 터였다.

 "그라스 장미 원액을 추출하는 과정을 볼 수 있을까요?"

 "물론이죠. 빌바오!"

 "무슨 일이세요? 지금 잡초 제거하느라 바빠요."

 빌바오 샤르트르의 목소리가 한쪽에서 울렸다.

 "그건 나중에 해도 된다. 지금은 그라스 장미 원액을 추출하는 일을 해야겠다. 준비해라."

 "알았어요."

 빌바오 샤르트르가 벌떡 일어났다.

 온실에서 쪼그려 앉아서 잡초를 뽑는 건 고역이었다. 길게 일하지도 않았는데 벌써 땀으로 온몸이 흠뻑 젖어 있었다.

 "원액 추출실로 가시죠."

장 샤르트르가 차준후를 안내했다.

추출실 안에는 향수 제조 과정에 쓰이는 갖가지 기구들이 진열되어 있었다.

"전통적인 방식으로 원액을 추출하는 건 아인농장의 특징이자 매력입니다. 오랜 기간 전통을 따르면서 가장 향긋한 원액을 추출할 수 있는 방법을 찾았지요."

한쪽 벽면에는 한국에서 기름을 짜는 것과 유사한 기구들도 보였다. 한국의 기름을 짜는 기구들보다 프랑스의 것들이 크고 정교했지만 원액을 추출하는 원리는 같았다.

"시작합니다."

부드러운 색감의 깨끗한 그라스 장미 꽃잎이 나팔꽃 모양의 넓은 투입구에 쏟아졌다. 꽃잎들이 기구 안에서 압축되고 짓이겨지면서 달콤하면서 청량한 향기를 발산했다.

쪼르르륵!

좁은 추출구 입구를 통해서 분홍빛 그라스 장미의 원액이 흘러나와 투명한 유리병에 모였다.

작은 유리병을 가득 채우기 위해서 그라스 장미꽃잎이 가득 채워진 큰 바구니 하나를 사용해야만 했다.

"당장 향수를 만들고 싶을 정도로 향기가 좋네요."

기분 좋은 향기를 맡은 차준후는 손이 근질거렸다.

"바로 만들어 보실 수 있습니다."

"네?"

"아인농장에는 향수 제조실도 있으니까요."

"그래요?"

"아버지, 향수 제조실은 저만의 공간이에요."

빌바오 샤르트르가 반발했다.

사업은 포기했지만, 그렇다고 조향에 대한 미련까진 차마 버리지 못한 그였다. 그 때문에 빌바오 샤르트르는 향수를 만들 때 사용했던 도구들을 모두 가져와 농장의 창고 한쪽에 자신만의 작업실을 만들었다.

"그 공간을 만들기 위해 돈을 대 준 사람이 바로 나다."

"끄응!"

빌바오 샤르트르가 앓는 소리를 냈다.

"조향사이신가요?"

차준후가 알면서도 물었다.

사실 아인농장까지 찾아온 이유가 바로 눈앞의 빌바오 샤르트르에게 있었다.

차준후는 임준후로서 살았을 당시, 너튜브로 독학을 하며 조향사 자격증을 취득했었다.

그리고 그때 가장 즐겨 봤던 영상이 빌바오 샤르트르의 영상이었다.

원 역사에서 빌바오 샤르트르는 중년의 나이에 다올에 합류하여 세계적인 유명한 향수를 잔뜩 만들어 낸 세계 최고의 조향사 중 한 명이었다.

그는 정년 퇴임을 한 후 너튜브에 푹 빠져들었고, 자신의 지식을 영상으로 제작하여 업로드하기 시작했다.

임준후는 그 채널의 얼마 되지 않는 구독자 중 한 사람이었고, 영상을 보며 궁금한 것이 생길 때마다 댓글로 질문을 남겼다.

그리고 빌바오 샤르트르는 자신의 몇 안 되는 애독자를 위해 친절히 답변을 해 주었다.

이런 과정이 반복되면서 빌바오 샤르트르는 차준후를 자신의 수제자라고 반쯤 우스갯소리로 칭하게 됐다.

실제로는 단 한 번도 만나 보지 못한 스승과 제자였다.

'제가 당신의 농장 생활을 끝내 드리죠.'

빌바오 샤르트르는 한 번씩 자신이 젊은 시절을 화원에서 보내지 않고 그때부터 조향사의 길에 매진했다면 더 많은 향수를 만들어 낼 수 있었을 것이라며 한탄하곤 했다.

물론 역사에서 가정은 아무 쓸모가 없는 망상에 불과할 뿐이다.

하지만 과거로 회귀한 차준후에게는 그 역사를 바꿀 힘이 있었다.

그리고 실제로 차준후가 이곳 아인농장까지 찾아온 건 훗날 세계 최고의 조향사 중 한 명이라 불리게 될 빌바오 샤르트르를 스카이 포레스트에 데려오기 위함이었다.

'훗! 그런 표정 짓지 말아요. 내가 구원해 주지 않으면 젊은 시절 내내 농장에서 일해야 한다고요.'

먼 길을 달려 구원하러 왔는데, 그 스승이 무척이나 뚱한 표정을 짓고 있었다.

스타일의 완성은 향수라는 말이 있다.

그만큼 향수는 화장품에서 중요한 위치를 차지하고 있는데, 아직 스카이 포레스트에는 회사를 대표하는 향수가 없었다.

차준후는 빌바오 샤르트르가 그 향수를 만들어 주길 바랐다.

"예, 맞아요. 지금은 농장에서 일하고 있지만, 언젠가는 이곳을 벗어나 세계적인 향수를 만들 겁니다."

빌바오 샤르트르가 다소 툴툴거렸다.

그는 자신의 작업실을 타인이 이용하는 게 싫었다.

그에게 있어 향수를 만들기 위한 도구는 오랜 시간 즐거움과 슬픔을 모두 함께한 친구나 다름없었다. 그런 친구들을 남의 손에 맡기고 싶진 않았다.

"제가 작업실을 사용하는 게 내키지 않으시다면, 혹시 조향을 하시는 걸 곁에서 지켜보는 건 괜찮으십니까?"

차준후는 빌바오 샤르트르의 심정을 백번 이해했다.

유명 연주가들이 자신의 악기를 남에게 맡기지 않듯 오랜 시간 함께한 자신만의 물건을 남의 손에 맡기는 것이 달갑지 않은 것은 아주 흔한 경우였다.

빌바오 샤르트르를 만나러 온 차준후로서는 그에게 밉보이는 일은 피하고 싶었다.

"제게 향수 제조를 맡기겠다는 말인가요?"

"저는 아인농장의 그라스 장미 원액으로 만든 향수를 보고 싶습니다. 어려운가요?"

"만들어 봐라. 그러면 원금을 오백 신프랑 차감해 주마."

"천 신프랑이면 할게요."

"그래, 그래. 알았다."

창고 한쪽에 있는 빌바오 샤르트르의 작업실이 열렸다.

꽃잎과 건초들이 채워져 있는 창고의 한쪽에 작은 실내 공간이 있었고, 그 안에 향수를 조제할 수 있는 갖가지 도구들이 선반과 벽면에 빼곡하게 채워져 있었다.

"식품 향료도 연구하시나 보군요."

작업실을 살펴본 차준후가 이야기했다.

"그걸 어떻게?"

빌바오 샤르트르가 눈을 동그랗게 떴다.

조향사는 크게 퍼퓨머(Perfumer)와 플레이버리스트(Flavorist), 두 가지로 분류된다.

퍼퓨머는 화장품과 향수, 비누, 샴푸 등 향장품에 사용되는 향을 만드는 사람을 뜻하며, 플레이버리스트는 음료, 과자 등 식품에 사용되는 향을 만드는 사람이다.

향장품 향료와 식품 향료는 식용 여부에도 차이가 있을 뿐 아니라, 사람이 그 향을 느끼는 메커니즘이 다른 탓에 퍼퓨머와 플레이버리스트는 다루는 향료와 제조 방법에도 조금씩 차이가 있었다.

한마디로 퍼퓨머와 플레이버리스트는 똑같이 조향사라고 불리지만 완전히 다른 직업이라고 해도 과언이 아니었다.

그러나 빌바오 샤르트르는 양쪽 모두 재능을 지닌 엄청난 인재였다.

"저도 조향에 대한 지식을 가지고 있습니다."

조향사 자격증을 취득했던 건 임준후이기에 지금의 차준후는 별도의 자격증은 없었지만 그렇다고 그 실력이 어디 가는 것은 아니었다.

실제로 회귀 후에도 한 번씩 직접 향수를 제작해서 사용한 적도 있었다.

"흠…… 그렇습니까? 뭐, 그래서 어떤 향수를 만들어 드릴까요."

"천연 재료들을 주된 재료로 사용해서 여기 있는 여성분에게 어울리는 향수를 만들어 주세요."

"어머! 저에게 선물하시려고요? 고마워요, 대표님."

차준후의 주문에 조용히 있던 실비아 디온이 반색했다.
프랑스에 와서 잇따라 선물을 받고 있었다.
"알겠습니다."
빌바오 샤르트르가 받아들였다.
하지만 못마땅해하는 기색이 역력했다. 아무리 봐도 제대로 된 실력을 발휘하지 않고 대충 만들 분위기였다.
그걸 그냥 두고 볼 차준후가 아니었다.
"아까 들어 보니 빚이 있던 것 같더군요."
"끄응! 그건 외부인이 참견할 일이 아닙니다."
빌바오 샤르트르는 자신의 실패를 생판 남에게 이야기하고 싶진 않았다.
"보아하니 보상이 걸리면 힘을 내는 타입 같더군요. 전 당신이 최고의 솜씨를 발휘했으면 합니다. 당신이 만들어 낸 향수가 그녀의 마음에 든다면 당신을 업계 최고의 조건으로 채용하겠습니다. 당신의 빚도 금액이 얼마든 전부 탕감할 수 있도록 가불해 드리죠. 이건 취직 시험이기도 합니다."
차준후가 당근을 제시했다.
하지만 차준후를 알아보지 못했던 빌바오 샤르트르는 황당하다는 표정을 지으며 아버지를 돌아봤다.
'정말 그럴 능력이 있는 사람이에요?'
'그래. 돈이 엄청나게 많은 사람이야.'

장 샤르트르는 말없이 손가락으로 동그라미를 만들었다.

부자 사이에 순식간에 신호가 오갔다.

차준후가 엄청난 갑부라는 걸 알게 된 빌바오 샤르트르는 즉각 의욕을 드러냈다.

"10만 신프랑! 10만 신프랑이 필요해요. 당신과 저 여인의 마음에 쏙 드는 천연 향수를 제작해 드리죠. 그리고 당신의 회사에서 일하면서 빚을 탕감할게요. 농장에서 벗어날 수만 있다면 뭐든지 할 수 있어요."

마지못해 향수를 만들려고 하던 빌바오 샤르트르가 격렬하게 외쳤다.

빚쟁이의 두 눈에서 뜨거운 열정이 솟구쳤다.

농장에서 머물면서 꾹꾹 눌러 담고 있었던 감정이 미친 듯이 꿈틀거렸다. 그리고 산산조각 났던 조향사에 대한 꿈도 다시 살아났다.

"의욕이 생기신 듯해서 다행이군요."

차준후는 고개를 끄덕이고는 장 샤르트르를 바라봤다.

"사장님 생각은 어떠십니까?"

차준후는 자신으로 인해 가족의 사이가 갈라지는 것을 원치 않았다. 가능하면 장 샤르트르를 설득하여 원만하게 빌바오 샤르트르와 함께하고 싶었다.

그러자 장 샤르트르는 잠시 생각에 잠기더니 아들을 바

라봤다.

"아들아! 농장에서 일하는 게 그렇게 싫으냐?"

"네. 전 흙을 만지면서 살기 싫어요."

"큭! 넌 화원을 다루는 데 있어 천부적인 자질을 갖췄어. 화원이 너의 미래다."

"전 농부가 아니라 조향사로 살고 싶다고요."

"끄응! 우선 차준후 대표의 시험에 통과나 해 봐라. 통과하지 못하면 어차피 농장에서 계속 흙을 만지며 살아가야 할 테니까."

장 샤르트르는 아들이 조향사가 되길 바라지 않았다.

조향사는 분명히 매력적인 직업이다.

하지만 그 멋있고 화려한 모습은 결코 쉽게 만들어지는 것이 아니었다.

프랑스에는 조향사를 꿈꾸는 이들이 많지만, 결국 제대로 된 결과물을 내지 못하고 꿈을 접는 이들이 대다수였다.

멀리서 찾을 것도 없었다. 바로 아들이 그러한 경우였으니까.

사업 실패 이후 고통스러워하던 아들의 모습이 잊히지 않았다.

그에 장 샤르트르는 아들이 자신의 뒤를 이어 아인농장의 4대째 사장이 되어 주길 바랐다. 그리고 빌바오 샤르트르는 원예에 천부적인 재능까지 타고났다.

그런데 빌바오 샤르트르의 재능은 원예에만 그치지 않았다.

'조향에 대한 재능까지 가지고 있어. 저렇게까지 하고 싶어 하는데 무턱대고 막아서기만 해서는 안 되겠지.'

화원 일꾼이 아니라 조향사로서 노력하고 성공하겠다는 아들의 모습이 장 샤르트르의 눈에 가득 보였다.

사람은 자고로 하고자 하는 일을 할 때 가장 행복한 법이다.

아버지로서 사랑하는 아들의 꿈과 희망을 무조건 반대할 수만은 없는 노릇이었다.

때마침 아들을 조향사로 시험 보겠다는 차준후의 등장에 장 샤르트르는 차마 더 이상 안 된다고 말할 수 없었다.

"고맙습니다, 아버지."

아버지의 허락이 떨어지자 빌바오 샤르트르가 더욱 의욕을 내기 시작했다.

그는 실비아 디온의 외형, 분위기 등을 천천히 살폈다.

그리고는 잠시 눈을 감고 집중했다.

세련되고 화려하면서도 차가운 여인에게 어울리는 맞춤 향수가 그의 머릿속에서 폭죽처럼 터져 나왔다. 만들고 싶은 향을 떠올리면서 향수의 레시피를 구현해 나갔다.

눈을 뜬 그가 본격적으로 움직였다.

그라스 장미 원액을 주재료로 삼아서 다른 천연 재료들을 정밀하게 계측하며 조향 작업을 이어 나갔다. 지속적으로 테스트를 해 나가면서 상상했던 향과 결과물 사이의 격차를 좁혀 나갔다.

작정하고 움직이는 그의 손놀림은 거침이 없었다.

빌바오 샤르트르는 결국 천연 재료들만 이용해서 원하는 조합을 찾아냈다.

"다 됐습니다. 마음에 드는지 살펴보세요."

향수가 담긴 병에는 펌프가 끼워졌다. 예전에 사업할 때 쓰고 남은 부자재들이었다.

"실비아."

"사용해 볼게요."

실비아 디온이 목과 손목 등에 건네받은 향수를 뿌렸다.

치익! 칙!

펌프가 작동하는 소리가 조용히 울렸다.

향기를 맡는 실비아 디온의 차가운 얼굴에는 어떠한 표정도 떠오르지 않았다.

'마음에 들지 않는 건가?'

자신할 만한 작품이 나왔다고 생각했지만, 향수에 절대적인 건 없었다.

누군가에겐 최고의 향수라 할지라도 다른 이에겐 최악

일 수도 있는 것이 바로 향수였다.

사용하는 사람에게 가장 잘 어울리고, 그 사람이 가장 만족할 때 비로소 최고의 향수라 할 수 있었다.

그리고 차준후가 내건 조건 또한 실비아 디온의 마음에 들어야 하는 것이었다. 자신이 아무리 만족한다고 한들, 그녀가 만족하지 않으면 결국 꽝이었다.

그렇게 긴장감이 감도는 침묵 속에서 잠시 후 실비아 디온이 입을 열었다.

"좋네요. 마음에 들어요."

실비아 디온이 합격점을 줬다.

따뜻하면서도 서늘하게 다가오는 향기가 좋았다.

그리고 무엇보다 차준후가 선물로 줬다는 사실이 더욱 그녀의 심장을 요란하게 뛰게 만들었다.

"그럼 10만 신프랑의 빚은 바로 갚아 주시는 겁니까?"

돈에 민감한 빌바오 샤르트르가 곧바로 반응했다.

"우선 11만 신프랑을 가불해 드리겠습니다. 앞으로 한국에서 생활하시려면 처음에 경비가 좀 필요할 테니까요."

차준후가 시원하게 1만 신프랑을 더 얹어 주겠다고 선언했다.

"한국이요? 아니, 그전에 제가 일하게 될 회사의 이름이 뭔가요?"

빌바오 샤르트르의 관심은 오로지 향수에만 있었으며,

평소엔 세상일에 아무런 관심도 주지 않은 채 작업실에 처박혀 있는 것이 일상이었다.

연일 뉴스를 통해 차준후의 얼굴이 세상에 널리 알려지고 있었지만, 빌바오 샤르트르는 차준후에 전혀 알지 못했다.

"아시아 대한민국의 스카이 포레스트라는 회사입니다."

"스카이 포레스트? 어디선가 들어 본 거 같긴 한데……."

스카이 포레스트가 향수 쪽으로도 이름을 알리고 있었더라면 아무리 세상일에 관심이 없는 빌바오 샤르트르라도 알고 있었겠지만, 아쉽게도 스카이 포레스트는 향수 사업에선 신출내기조차 되지 못했다.

"어떤 향수를 출시했나요? 향수 이름을 들으면 기억이 날 것도 같아요."

"향수를 출시한 적이 없어요."

"네?"

"당신이 우리 회사의 첫 번째 조향사입니다."

"뭐라고요? 화장품 회사 아닌가요? 화장품 회사가 향수가 없다는 게 말이 되나요?"

빌바오 샤르트르가 마구 의문점을 토해 냈다.

"아직 창립한 지 일 년 정도밖에 안 된 회사입니다. 특별한 화장품이 있기는 하지만 지금까지는 기초 화장품과 색조 화장품 위주로 제품을 출시하고 있고, 당신을 영입하며 이제 본격적으로 향수 시장에도 첫걸음을 내딛을 예정입니다."

차준후가 친절하게 스카이 포레스트의 상황에 대해 설명해 줬다.

"하아! 앞으로 엄청난 가시밭길을 걷게 생겼네."

빌바오 샤르트르가 깊은 한숨을 내쉬었다.

아무런 기반도 없는 상황에서 일을 시작한다는 게 얼마나 힘든 일인지 그는 익히 알고 있었다.

좋은 향수를 만든다고 알아서 잘 팔리는 건 아니었다. 제아무리 좋은 향수를 만들어도 대중들에게 널리 알리고, 판매하지 못한다면 아무런 의미가 없었다.

맨바닥에서 향수 사업을 시작했다가 실패해 본 경험이 있던 그였기에 벌써부터 걱정이 들기 시작했다.

"가시밭길이 아닌 화려한 꽃길이 될 겁니다. 결코 저와 함께 된 걸 후회하지 않을 겁니다."

차준후는 빌바오 샤르트르가 향수를 만드는 데 있어 투자를 아끼지 않을 생각이었다.

그가 이전에 사업을 실패한 건 오로지 자본이 부족해서였다. 그의 향수는 훌륭했지만, 세상에 널리 알리기 위한 마케팅을 할 만한 돈이 없었던 것뿐이다.

하지만 이제 그런 문제는 없을 것이었다. 스카이 포레스트는 돈이라면 차고 넘치도록 많았으니까.

차준후는 아낌없이 돈을 쏟아부어 빌바오 샤르트르의 향수를 전 세계에 널릴 생각이었다. 전 세계 사람이 모두 그의 향수를 알게 만들 자신이 있었다.

그리고 그렇게 세상에 알려지기만 한다면, 빌바오 샤르트르의 향수는 극찬을 받으며 세계 최고의 향수라 평가받을 것이라 차준후는 자신했다.

그의 스승, 빌바오 샤르트르는 명실상부 최고의 재능을 지닌 조향사였다.

"믿겠습니다. 그리고 가시밭길이라도 괜찮습니다. 농사일을 그만두고 향수를 만드는 데 전념할 수만 있다면, 그곳이 설령 지옥불이라고 해도 뛰어들 수 있습니다. 앞으로 잘 부탁드립니다, 사장님."

빌바오 샤르트르에게는 농장에서 벗어나는 걸 위안으로 삼았다.

그에게 자유를 억압하는 빚은 지옥이나 마찬가지였다. 그 억압 속에서 드디어 벗어날 수 있게 된 것이다.

빚 없는 자유!

그는 이제 앞으로 절대 돈을 빌리지 않겠다고 다짐했다. 그것이 설령 부모라고 해도 말이다.

오히려 아는 사람이 더욱 무서웠다.

'앞으로 사업은 꿈도 꾸지 말아야지. 그냥 죽을 때까지 월급이나 받으며 살아야겠다.'

직접 사업을 해서 큰돈을 벌겠다는 꿈을 포기했다.

한 번의 실패로 그는 이미 뼈저리게 느꼈다. 자신은 사업에 자질이 없다는 것을 말이다.

성공적인 사업을 위해선 적당히 타협도 하고, 영업을 위해 간이라도 빼 줄 것처럼 행동하기도 해야 하는데 성격상 그러질 못했다.

사업이 실패한 데에는 다 이유가 있었다.

"저야말로 잘 부탁합니다."

이로써 차준후는 프랑스에 온 가장 큰 목적을 달성하게 되었다.

아직은 재능이 만개하지 않아 조금 미숙하지만, 차준후는 자신이 회귀 전 그에게 배웠던 지식들을 조금씩 알려 주며 조금 더 일찍 그의 재능을 일깨워 줄 생각이었다.

빌바오 샤르트르의 재능이라면 그것들을 어렵지 않게 금세 흡수하고 놀라운 능력을 발휘해 줄 것이 틀림없었다.

"약속한 돈입니다. 이걸로 빚을 해결하시고, 준비가 다 되면 절 찾아오세요."

차준후가 품에서 꺼낸 만년필로 수표책에 11만 신프랑을 적어서 건넸다.

"채권자님, 여기요. 1만 신프랑은 바로 거슬러 주세요. 바로 사장님을 따라가야 하니까요."

빌바오 샤르트르는 한시라도 빨리 농장에서 벗어나고

싶었다.

 작업실의 물건들과 옷가지 몇 개만 챙기면 그만이었다. 정리하고 말 것도 없었다.

 "그래, 네 마음대로 하거라. 다 큰 놈을 억지로 메어 둘 수도 없는 노릇이지."

 아들의 확고한 진심을 확인한 장 샤르트르는 결국 더 이상 아들을 말릴 수 없었다. 그리고 억지로나마 아들을 묶어 둘 수 있었던 수단인 빚마저 사라지게 되었으니 명분도 없었다.

 그렇게 오늘, 빌바오 샤르트르의 운명은 차준후의 만남을 통해 급격히 바뀌게 되었다.

 젊은 시절 내내 부모님의 농장에서 일하다가 늦은 나이에 다올에서 새로운 인생을 살았을 그의 미래는 사라지게 되었다.

 이제 그는 스카이 포레스트에서 원 역사보다 조금 더 빨리 새로운 인생을 살게 될 것이었다.

 "이제 자유다! 빨리 떠나자!"

 빌바오 샤르트르가 작업실에 있는 도구와 물건 등을 커다란 가방에 마구 쑤셔 넣기 시작했다.

 이제는 농장과 작별을 해야 하는 시간이었다.

 암울하던 그의 삶에 찬란한 햇살이 비쳤다.

 빌바오 샤르트르는 차준후를 흘깃 바라보며 눈빛을 빛

냈다.

  11만 신프랑이라는 거금을 아무렇지도 않게 쓰는 차준후가 그의 눈에는 무척이나 거대해 보였다.

  아시아의 이름 모를 화장품 회사라고?

  돈 많은 사장님 밑이라면 괜찮아.

  결국 돈이 모든 걸 해결해 주는 법이었다.

  빚 때문에 잔뜩 고생한 그는 물질만능주의에 물들어 버리고 말았다.

  "헉! 벤츠 리무진이 무려 네 대나 있어!"

  가방을 짊어지고 농장 밖으로 나온 빌바오 샤르트르가 번쩍거리는 벤츠 리무진들을 보면서 감탄했다.

  차준후에 대한 충성심이 마음속에서 더욱 커졌다.

  게다가 건장한 체격의 경호원들이 차준후를 에스코트하고 있었다. 차준후의 주변에서 돈이 철철 흐르는 것처럼 보였다.

  '너무 멋있어.'

  빌바오 샤르트르의 눈에 비친 차준후는 너무 잘나 보였다.

  "사장님, 이런 벤츠 리무진이면 얼마나 하나요?"

  "글쎄요. 덴마크 대사관에서 프랑스에 있는 동안 사용하라고 빌려준 차량이라 얼마인지는 모르겠네요. 가격이 궁금하면 물어봐 줄까요?"

"아, 아뇨. 괜찮아요."

차준후가 타고 다니는 차량은 덴마크 대사관에서 빌려 준 것들이었다.

이뿐만이 아니었다. 호텔 숙박비와 식사에 드는 비용 등 전부 덴마크 대사관에서 처리해 주고 있었다. 유럽 어디에 있든 덴마크의 국빈 대우를 하는 것이었다.

'도대체 얼마나 대단한 사람이길래 덴마크에서 이런 차를 빌려주는 거야?'

빌바오 샤르트르의 상식에서는 도저히 이해가 되지 않았다.

상식 밖의 인물!

결국 그의 상식을 훌쩍 넘어서는 엄청난 사람이라는 소리였다. 거듭 생각해 봐도 한 국가가 개인을 이토록 신경 써 준다는 것이 믿기지 않았다.

'내가 황금 동아줄을 잡은 걸 수도 있어.'

선택의 여지가 없던 일이긴 했지만, 스카이 포레스트에 취직하기를 잘했다는 생각이 다시금 들었다.

돈 앞에서 무척이나 약해지는 빌바오 샤르트르였다.

"사장님, 앞으로 잘 부탁드려요."

그는 돈 냄새가 짙게 나는 차준후의 옆에 평생 찰싹 달라붙어 있겠다고 다짐했다.

* * *

프랑스의 관문 역할을 하는 파리 공항은 많은 사람들로 붐볐다. 비행기표를 발권하는 창구는 혼잡했고, 비행기를 탑승하기 위한 게이트는 길이 길게 늘어져 있었다.

"와아! 공항이 대체 얼마 만이야. 반갑다, 비행기들아!"

빌바오 샤르트르가 공항 로비에 들어서면서 남다른 감회를 느꼈다.

"즐거운 여행 하세요."

"고맙습니다."

공항 직원의 인사를 받으면서 차준후 일행은 곧바로 VIP 통로로 움직였다. 이미 프랑스 정부 측에서 공항에 통보를 해 뒀기에 VIP 통로를 이용하는 데 아무런 지장이 없었다.

"공항에 이런 VIP 전용 통로가 있는 것도 몰랐어요! 사장님 덕분에 이런 경험도 다 해 보네요. 정말 감격스러워요."

"스카이 포레스트에서 능력만 증명해 주신다면, 빌바오 샤르트르 씨도 어디서든 이런 대우를 받을 수 있게 될 겁니다. 제가 그렇게 만들어 드리죠."

차준후가 웃으며 이야기했다.

"성과에 따른 충분한 성과급도 지급해 드릴 겁니다."

스카이 포레스트에는 21세기 대기업들에 준하는 성과급 제도가 마련되어 있었다.

이 시기에 성과급 제도가 마련되어 있는 회사는 전 세계적으로도 굉장히 드물었기에 빌바오 샤르트르는 두 눈을 크게 떴다.

"헉! 정말입니까?"

몇 번의 대화만으로도 차준후는 빌바오 샤르트르를 어떻게 다뤄야 하는지 알게 됐다.

"우리 회사는 무엇보다 인재를 가장 중요시 여깁니다. 능력만 증명하신다면 그에 합당한 대우를 해 드릴 겁니다. 전 세계 어느 곳과 비교해도 최고의 대우일 거라 자신하죠."

"죽을 때까지 충성을 다하겠습니다! 좋은 향수들을 만들어 낼게요. 믿어 주세요."

"예. 믿고 있습니다."

성과급이라는 희소식에 희희낙락하던 빌바오 샤르트르는 문득 한 가지 의문점을 떠올렸다.

"그런데 비행기표는 안 끊나요?"

혹시라도 미리 비행기표를 예매해 둔 것일까?

"아! 설명을 안 했군요. 전세기가 있어서 그냥 들어가면 됩니다."

차준후가 뒤늦게 알려 줬다. 전세기 이용을 당연하게

생각하고 있었기에 미처 알려 줄 생각을 하지 못했다.

"네? 전세기요?"

빌바오 샤르트르의 입이 떡 벌어졌다.

리무진까지는 그가 상상할 수 있는 재벌의 모습이었다. 그러나 아무리 그래도 전세기는 감히 상상조차 할 수 없었다.

"전세기는 유지비만 해도 어마어마할 텐데……."

"글쎄요. 전세기도 리무진이랑 함께 덴마크에서 1년간 무상으로 대여해 준 거라서요. 유지비도 덴마크에서 전부 처리해 기로 해서 얼마나 드는지는 잘 모르겠네요."

"예? 전세기를요?"

전세기를 차준후가 직접 빌린 게 아니라는 것이었으나, 이 또한 놀라운 건 마찬가지였다.

한 나라에서 여객기를 개인에게 빌려준다고?

그것도 1년씩이나?

여객기가 한두 푼 하는 것도 아닌데, 심지어 그것을 유지하는 비용도 상상을 초월했다. 진짜 어지간한 재벌이 아니고서야 개인 전세기를 소유하고 있지 못하는 건 그러한 이유 때문이었다.

비즈니스석조차 표값이 비싸서 항상 일반석만 이용했던 빌바오 샤르트르에게 전세기는 당연히 꿈도 못 꿀 이야기였다.

잠시 후 파리 공항 VIP 통로를 통해 빠져나오자 늘씬하게 뻗은 은빛 707 비행기가 모습을 드러냈다.

'헉! 707 제트 여객기!'

놀랍게도 프로펠러 비행기도 아닌, 대형 제트 여객기였다.

미쳤다. 이건 말 그대로 미친 수준이었다.

뒤이어 곧바로 한국으로 가는 것이 아니라, 아직 할 일이 남아 있는 터라 잠시 덴마크 왕실 별장에 머무를 거라는 차준후의 설명에 빌바오 샤르트르는 어마어마한 충격에 빠졌다.

트랩을 통해 비행기에 올라서자 늘씬한 여승무원이 차준후를 반겼다.

"차준후 고객님, 프랑스 여행은 즐거우셨나요?"

"좋았습니다."

엘리나가 차준후에게 친밀하게 접근했다.

시간을 두고서 차츰 자신의 매력으로 차준후를 녹이기 위한 시도였다.

"흥!"

실비아 디온이 엘리나를 지나치면서 서늘한 시선을 뿌렸다.

제8장.

얼음공주

얼음공주

'정보부 공작원이라 이거지.'

실비아 디온의 부탁을 받은 마이크는 곧장 엘리나의 정체를 조사하기 시작했고, 그녀가 덴마크 정보부의 산업 스파이라는 사실을 금세 알아냈다.

그리고 그 사실을 전해 들은 실비아 디온은 고민에 빠졌다.

'어떻게 할까?'

실비아 디온은 차준후에게 미인계를 펼치고 있는 게 몹시 눈에 거슬렸다.

마음 같아서는 당장이라도 그녀를 치워 버리고 싶었다. 은밀하게 치워 버릴 자신도 있었다.

실비아 디온이 고민하는 것은 그녀를 처리할 방법이 아

니었다.

'대표님에게 밝혀도 될까?'

누군가가 그를 속이기 위해 접근했고, 앞으로도 그럴 수 있다는 사실을 알게 된다면 차준후는 상처받을지도 몰랐다.

앞으로 누구와 관계를 맺더라도 그 사람을 의심할 수밖에 없게 되기 때문이다.

다른 사람의 마음을 의심해야 한다는 건 무척이나 슬프고 안타까운 일이었다.

'다른 사람에게 상처를 받은 적이 있으신 것 같아서 더 걱정이야.'

명석한 실비아 디온은 차준후의 행동 양상을 통해, 그가 과거의 다른 이에게 상처받은 적이 있던 게 아닐까 유추했다.

놀랍게도 회귀 전 믿었던 사람들에게 배신당해 죽음을 맞았던 차준후이기에 나오는 사소한 행동들에서 그것을 정확히 간파한 것이었다.

"무슨 고민이라도 있나요?"

차준후가 미간을 찌푸리고 있는 실비아 디온을 보며 물었다.

"잠시 생각할 게 있어서요."

"너무 고민하지 마세요. 미간에 주름 생겨요."

"그럼 적당히 고민할게요."

실비아 디온이 찌푸렸던 미간을 폈다.

'이처럼 자상하게 챙겨 주는데 어떻게 고민을 하지 않겠어요?'

차준후의 평안을 가장 최우선으로 생각하는 그녀는 이번 엘리나 사태에 대한 고민을 이어 나갔다.

그러는 사이에 비행기가 활주로를 질주하고서 창공으로 떠올랐다.

덴마크를 향해 날아가는 비행기였다.

* * *

덴마크 왕실 별장 3층 집무실.

집무실 안에는 차준후와 마그레테 공주가 마주 보며 자리하고 있었다.

화려하면서도 우아한 드레스를 입은 마그레테는 전보다 유난히 아름다워 보였다.

실제로 그녀는 차준후를 만나러 오기 전, 그에게 조금이라도 아름다워 보일 수 있도록 오랜 시간을 들여 모습을 꾸몄다.

평소보다 공을 들여 꾸민 마그레테는 마치 무도회장에서 스포트라이트를 홀로 받는 것처럼 빛나 보였다.

"대표님, 여기 계약서 받으세요."
"감사합니다."

그러나 마그레테를 보는 차준후의 시선은 담담하기 짝이 없었다. 차준후에게 있어 마그레테는 이성이 아닌 거래 상대일 뿐이었다.

차준후는 마그레테가 건넨 계약서를 천천히 살펴보기 시작했다.

스카이 포레스트와 덴마크 정부 간의 기술 검증 용역에 대한 계약서였다.

사실 LNG 탱크 실험을 처음 진행하기 전에 계약서를 작성해야 했으나, 실험을 가능한 서두른 탓에 계약이 늦어지게 된 것이었다.

물론 구두로는 어느 정도 협의를 해 두었기에 서명만 하면 끝나는 일이었다.

그에 차준후는 딱히 계약서 작성을 서두르지 않았지만, 덴마크는 사정이 달랐다.

덴마크 산업기술연구소에서의 첫 번째 실험이 성공적으로 끝나자, 덴마크는 한시라도 빨리 확실하게 기술 검증 용역 계약을 끝마치고 싶었다.

LNG 사업이 실현 가능한 일임이 증명되며 그 가치가 이전보다 훨씬 드러났기 때문이다.

덴마크로서는 혹시라도 다른 국가에서 더 좋은 조건을

차준후에게 제시하여 용역을 뺏길까 우려될 수밖에 없었다.

실제로 LNG 기술을 자기들 쪽에서 실험하여 더 확실히 검증해 주겠다며 나서는 이들이 적지 않았다.

"음…… 그런데 꼭 용역비를 지불하셔야겠어요?"

"산업기술연구소분들이 고생을 해 주시는데 당연히 지불해야죠. LNG 탱크를 만드는 비용도 상당히 많이 들어가는 걸로 알고 있습니다."

"무상으로 해 드릴 수도 있는데 말이죠."

차준후는 마그레테가 왜 무상으로 해 주겠다고 하는지 알았다.

자기들 쪽에서 기술 검증을 해 주겠다며 나선 국가들 중에서는 도리어 스카이 포레스트에 돈을 지불하겠다는 곳도 있었기 때문이다. 그것도 한 국가가 아니라 복수의 국가들이었다.

"일에는 항상 대가가 따라야 한다고 생각합니다."

LNG 기술을 검증하기 위해선 많은 연구원의 고생이 필요했다.

그들의 고생을 생각해서라도 한 푼도 내지 않는다는 건 차준후의 성미에 맞지 않았다.

차준후가 고민도 하지 않고 거절하자 마그레테는 두 눈을 크게 떴다.

'이 남자…… 돈으로 움직이는 사람이 아니구나. 돈으로 어떻게 해 보려다가는 도리어 반감을 살 수도 있겠어.'

사업이란 당연히 이윤을 추구하는 것이 목적이다.

어떤 사업가든 이익에 혈안이 되어 있기 마련이다. 아니, 오히려 그것이 당연했다.

마그레테는 덴마크의 공무를 위해 그동안 여러 사업가들을 만나 봐 왔고, 그들과 직접 협의도 진행해 보았다. 그리고 그때마다 항상 밀고 당기는 치열한 협상을 벌였다.

지금까지 단 한 번도 차준후처럼 이윤을 포기하는 사업가는 본 적이 없었다.

"제가 바라는 건 단 한 가지, 최대한 빨리 기술 검증을 끝내 주시는 겁니다."

차준후는 돈보다 시간을 중요시 여겼다.

아니, 어찌 보면 결국 시간이 돈이었다.

기술 검증을 모두 끝마치고 본격적으로 LNG 사업을 시작하게 되면, 기술 용역비 따위는 아무것도 아닌 엄청난 돈이 들어오게 된다.

어차피 어느 나라에 맡기든 사소한 차이에 불과하다면, 차준후는 귀찮게 머리를 굴리지 않고 그냥 가장 믿고 맡길 수 있는 덴마크에 일을 맡기고 싶었다.

그뿐인 이유였으나 마그레테의 눈에는 차준후가 돈에 크게 연연하지 않는 호쾌한 모습으로 비쳤다.

"빨리 검증이 끝나는 건 저희도 바라는 바예요. 산업기술연구소의 연구원분들이 철야까지 하면서 최선을 다해 일해 주고 계시니, 빠른 시일 내에 검증을 끝마칠 수 있을 거예요."

"좋습니다. 사인하시죠."

차준후와 마그레테가 계약서에 서류를 날인했다.

두 부 작성된 계약서를 서로 한 부씩 나누어 가졌다.

차준후와 덴마크는 이제 정식으로 법적 구속력을 가진 계약 상대가 된 것이었다.

"믿고 맡겨 주셔서 고마워요. 세계가 놀랄 수 있는 기회를 덴마크가 가질 수 있게 되어 영광이에요."

"오히려 저야말로 큰 도움을 받게 되었으니 감사를 표해야죠."

마그레테가 호기롭게 손을 내밀었고, 차준후는 그 손을 맞잡으며 악수를 나눴다.

한쪽에 있던 왕실 사진사가 조명을 터트려 가면서 그 모습을 찍었다.

"자, 찍습니다! 여기를 보세요. 하나, 둘, 셋!"

"좋습니다. 다시 한 장 찍겠습니다. 두 분, 조금만 더 가까이 붙어 주세요. 친밀하게 나올 수 있도록 자세를 취해 주세요."

왕실 사진사가 사진을 찍기 전에 요구했다.

마그레테가 차준후의 숨소리가 들릴 정도로 바짝 붙었다.
 "이번에는 계약서를 들고 사진을 찍어 볼게요."
 왕실과 마그레테의 중요한 치적을 알리기 위한 사진들이었고, 내일 아침 덴마크의 주요 언론사에 배포될 사진이기도 했다.
 왕족들은 분주하게 움직이면서 왕실의 존재 의의와 업적들을 대중들에게 알려야만 했다. 이 시대의 덴마크 왕족들은 대중들의 관심과 사랑을 받기 위해 무척이나 분주했다.
 왕족의 권리가 큰 만큼 책임과 의무도 그에 비례해서 많았다.

「왕족은 대중들에게 계속해서 자신의 능력을 증명해야 한다.」

 국왕이 마그레테에게 어린 시절부터 계속해서 해 주었던 말이다.
 왕족은 국가를 상징하는 존재이며, 그에 합당한 존재임을 계속해서 스스로 계속 증명해야 한다는 것이 그의 가르침이었다.
 왕족은 우아하고 고상할 것처럼 여겨지지만, 수면 밑에

서는 누구보다 바삐 움직였다.

현대의 입헌군주제는 근대 군주제와는 달리, 절대적인 권력을 지니고 있지 않았다. 왕실의 존재 의의를 계속해서 증명해 나가지 않는다면, 최악의 경우엔 왕실의 폐지로 이어질 수도 있었다.

고작 사진 몇 장 찍는 사소한 일이었지만, 왕족에게 있어서는 상당히 중요한 일이었다.

촬영이 모두 끝나자 마그레테가 웃으며 말했다.

"이 좋은 소식을 빨리 전해야겠어요. 다시 한번 감사하다는 말을 드릴게요."

"다음에 뵙겠습니다."

"다음에는 왕실 요트를 소개시켜 드릴게요. 요트를 타고 바다로 나가면 기분이 아주 좋아요. 그 기분을 차준후 대표에게도 느끼게 해 주고 싶어요."

"감사합니다. 기대하고 있겠습니다."

다음을 기약한 마그레테가 서둘러 집무실에서 나갔다. 계약 사실을 알릴 곳이 많았다.

"헬스장에 갈래요?"

공식적인 일과를 모두 마친 차준후가 실비아 디온에게 물었다.

별장 안에는 헬스장과 수영장, 북유럽이 자랑하는 사우나와 극장까지 마련되어 있었다.

몇 날 며칠을 별장 안에서만 생활해도 지루할 틈이 없을 만큼 여러 시설들이 완비된 공간이었다. 심지어 과연 왕실 별장의 시설들답게 하나같이 호화롭기 짝이 없었다.

 차준후는 헬스장에서 땀을 흘린 뒤 사우나 시설을 이용할 생각이었다.

 아무래도 목욕탕이라는 것이 시대에 따라 혁신적인 변화가 있는 곳은 아니라서일까. 지난번 이용했던 왕실 별장의 사우나는 오히려 21세기의 사우나보다도 더 좋다는 느낌까지 주었다.

 "처리해야 할 일이 있어서요. 너무 아쉽네요."

 실비아 디온이 제안을 거절했다. 거절하면서도 정말 안타까워서 어쩔 줄 몰라 하는 모습이었다.

 "나중에 처리해도 되잖아요? 같이 운동합시다."

 "죄송해요. 시급한 사안이라서요."

 그녀는 이번 미인계 사건을 자신의 선에서 해결하기로 결정을 내린 상태였다.

 차준후에게 밝히지 않을 생각이었다. 괜한 일로 차준후가 신경 쓰는 모습이 싫었다.

 차준후는 항상 밝은 모습으로 있어 주길 바랐다. 그를 위해서라면 자신의 손을 얼마든지 더럽힐 각오가 되어 있었다.

 군인 집안에서 태어나 어려서부터 교육을 받은 그녀에

게 이런 일은 딱히 대단한 것도 아니었다.

"미안해요."

차준후는 괜히 미안해졌다. 그는 그간 자신이 처리해야 할 업무도 일 잘하는 비서실장에게 은근슬쩍 떠넘겨 왔었다.

그 탓에 일이 쌓여 바쁜 것이라 오해한 그는 미안한 마음이 들 수밖에 없었다.

이제 실비아 디온은 차준후에게 있어 없으면 안 될 만큼 소중하고 고마운 존재였다.

"당연히 제가 해야 할 일을 하는 것뿐이에요. 빨리 끝내고 헬스장으로 달려갈게요. 먼저 운동하고 계세요."

"예. 기다리고 있을 테니 업무 끝마치시고 천천히 오세요."

차준후는 끝까지 오해를 한 채 미안한 표정으로 먼저 헬스장으로 향했다.

실비아 디온이 웃으면서 차준후를 배웅했다.

그러나 그녀의 환한 미소는 차준후가 밖으로 나간 순간 곧바로 사라졌다.

"마이크 삼촌."

"응?"

마이크가 편안하게 실비아 디온에게 접근하려다가 흠칫했다.

바늘 하나 들어가지 않을 정도로 싸늘한 표정!

차준후와 함께 있을 때는 한 번도 보이지 않던 얼음공주의 본모습이었다.

모든 감정이 사라진 듯 보이는 저 표정이 전선에서 치열하게 몸을 굴렸던 마이크조차 흠칫하게 만들었다.

"마그레테 공주에게 만나자고 전해 주세요. 엘리나 건을 해결해야겠어요."

차준후와 함께할 수 있는 시간을 잃어버린 실비아 디온의 눈빛이 표독해졌다.

기분이 좋지 않았다.

이제 곧 유럽을 떠나야 하는데 얼마 남지 않은 시간을 누군가의 장난질 탓에 허비하게 되었다. 장난질을 친 게 누구든 결코 가만히 두지 않을 생각이었다.

여인이 한을 품으면 오뉴월에도 서리가 내린다는 말이 있는데, 바로 지금 실비아 디온이 그랬다.

"알겠습니다."

마이크는 얼음공주의 명령을 이행했다.

* * *

1층으로 내려온 마그레테는 전화로 아빠인 국왕과 여러 관계자들에게 계약을 마무리 지었다고 이야기했다.

그렇지 않아도 초조하게 소식을 기다리고 있던 사람들이 계약 사실에 환호하였다.

전화를 모두 마친 마그레테는 1층의 회의실에 앉아서 보좌관으로부터 건네받은 서류에 사인을 하고 있었다. 서류는 산업기술연구소에서 올라왔는데, 연구 개발비를 충원해 달라는 내용이 적혀 있었다.

거대한 LNG 탱크를 만들기 위해 필요한 비용은 한두 푼이 아니었다. 그 적지 않은 비용을 덴마크가 모두 부담하고 있었는데, 스카이 포레스트에서 거액의 용역비가 입금되면 부담이 상당히 덜어질 것이었다.

"이 계약으로 덴마크의 전성시대를 열 수도 있어."

마그레테가 눈앞에 놓인 계약서를 보면서 흐뭇하게 웃었다.

세기의 천재 차준후와 가깝게 지내는 것만으로도 얻는 게 많았다.

LNG 탱크에 들어가는 소재 금속과 용접법 등은 덴마크의 지적자산이 되었다. 이를 이용하면 새로운 금속과 새로운 공법 등을 단기간에 완성할 수 있을지도 몰랐다.

그녀의 개인적인 생각이 아니었다. 산업기술연구소의 의견이었다.

"우리나라에 보다 이득이 될 수 있도록 고민해 봐야겠어."

LNG 탱크 건설에 많은 돈을 쏟아부어도 결국 덴마크가 크게 이득을 보는 구조였다.

　LNG 산업은 전 세계의 주목을 받는 산업이기에 덴마크의 기술과 우월함 등을 세상에 알리는 데 톡톡한 역할을 할 것이었다.

　거대하고 휘황찬란한 LNG 탱크가 완성되면 다시 한번 세상은 덴마크를 주목할 수밖에 없었다. 전 세계에서 수많은 사람이 덴마크에 모여들 것이 확실했다.

　마그레테는 그날이 벌써부터 기대됐다.

　그때였다.

　"실비아 디온님께서 긴요한 사안으로 뵙고 싶다고 하십니다."

　집사가 마그레테에게 전했다.

　"차준후 대표와 같이요?"

　중요한 이야기라니, 대체 무슨 일일까?

　방금 전에 계약 논의가 모두 끝난 상황에서 갑자기 다시 나눌 중요한 이야기가 무엇인지 짐작조차 되지 않았다.

　"아닙니다. 공주 전하와 단둘이서 독대를 하고 싶다 요청하셨습니다."

　의외였다. 그간 실비아 디온이 마그레테를 향해 관심을 보인 적은 한 번도 없었으니까.

그동안 몇 차례 만났지만, 항상 차준후의 옆에서 말없이 업무만 처리하던 그녀였다.

"그래요? 알겠어요. 모시세요."

사실 아직 급하게 처리해야 할 업무들이 많이 남아 있었으나, 차마 실비아 디온의 요청을 거절하기 어려웠다.

실비아 디온은 평범한 비서가 아닌, 차준후의 결정에 지대한 영향력을 끼치는 스카이 포레스트의 중진이었다.

앞으로의 관계를 생각하면 결코 그녀를 홀대해서는 안 됐다.

"어서 와요."

마그레테가 실비아 디온을 반갑게 맞았다.

환하게 웃는 마그레테와 달리, 안으로 들어서는 실비아 디온의 표정은 한기가 느껴질 정도로 싸늘했다. 그동안 한 번도 보지 못한 모습이었다.

"긴요하게 할 이야기가 있어 찾아왔어요."

실비아 디온이 무표정하게 이야기했다.

마치 감정이 없는 인형 같다고 할까?

조용히 읊조리는 그녀의 목소리에 마그레테는 무언가 심상치 않은 일이 벌어졌음을 직감했다.

그러나 그것을 내색하지 않은 채 평온한 모습으로 대답했다.

"무슨 용건인지는 모르겠지만 앉아서 이야기하죠."

"네."

마그레테가 실비아 디온을 탁자로 안내했다.

"차를 마시면서 이야기할까요?"

"아뇨. 용건만 간단히 전하겠어요."

실비아 디온은 이번 사안을 가볍게 이야기하고 싶지 않았다.

그러나 실비아 디온의 용건을 알지 못하는 마그레테로서는 다소 무례한 그녀의 태도에 미간을 찌푸릴 수밖에 없었다.

덴마크 왕위 계승자인 그녀를 함부로 대할 수 있는 사람은 없었고, 실제로 단 한 번도 이런 무례를 겪어 보지 못했다.

"그래요. 긴요하게 할 이야기가 뭐죠?"

감정이 상한 마그레테도 더 이상 그녀와 오래 대화를 나누고 싶지 않았기에 단도직입적으로 물었다.

"사람들을 물려 주세요."

하지만 실비아 디온은 물음에 답하지 않은 채 다른 요구를 해 왔다.

"다른 사람들이 들어서 좋을 이야기가 아니에요. 이건 덴마크를 위해 드리는 말입니다. 그래도 상관없으시다면 그냥 이야기하죠.

좋지 않은 느낌을 팍팍 받은 마그레테였다.

"말이 지나치십니다. 예의를 지켜 주십시오."

"더 이상의 무례는 간과하지 않겠습니다."

그동안 한쪽에서 조용히 두 사람의 대화를 지켜보던 보좌관과 집사가 참지 못하고 나섰다.

그들은 마그레테의 손과 발 같은 사람들이었다.

실비아 디온을 쏘아보는 그들의 시선이 무척이나 매서웠다.

그때, 마그레테가 그들을 말리고 나섰다.

"진정들 하세요. 무언가 오해가 있는 듯한데 차분히 대화를 나눠 보면 해결될 거예요."

마그레테가 침착한 음성으로 이야기했다.

평소 감정을 드러내지 않던 실비아 디온이 이토록 분노한 감정을 드러낸다는 건 확실히 무언가 있는 것이었다. 좋은 일이 아님은 분명했다.

차준후의 오른팔이나 다름없는 실비아 디온과 척을 지는 건 무척이나 위험한 일이었다.

앞으로도 스카이 포레스트와의 관계를 이어 나가야 하는 덴마크로서는 가능한 원만하게 대화를 풀어 나가야만 했다.

지금은 참을성을 가지고 사태에 대해 알아보는 게 먼저라고 판단했다. 알아본 다음에 분노해도 늦지 않았다.

그에 마그레테는 무례하게 느껴질 수 있는 실비아 디온

의 태도에도 평정을 유지하려 노력했다.

"공주님."

"이대로 넘어가시면 절대 안 됩니다."

그러나 마그레테의 만류에도 보좌관과 집사는 분기를 참지 못했다.

덴마크의 공주이자 왕위 계승자인 그녀가 욕보이는 것은 덴마크가 욕보이는 것이나 다름없었다. 이것은 덴마크의 국민으로서 결코 그냥 넘길 수 없는 사안이었다.

덴마크를 향한 애국심과 마그레테에 대한 충성심으로 두 눈이 멀어 버린 보좌관과 집사는 마그레타가 느끼는 상황의 심각성을 전혀 눈치채지 못하고 있었다.

"분명 진정하라고 했을 텐데요?"

마그레테가 차갑게 읊조렸다.

보좌관과 집사가 왜 저런 태도를 취하는지는 충분히 이해했으나, 지금 감정적으로 나서는 건 오히려 상황을 악화시킬 뿐이었다.

또한 실비아 디온이 무슨 이야기를 꺼내려는지 알 수 없는 이상, 심지어 그것이 무척이나 심각한 주제일 수도 있는 이상 듣는 귀는 적을수록 좋았다.

설령 그게 수족 같은 이들이라 할지라도 마찬가지였다.

"잠시 밖에 나가 있어 주세요."

마그레테가 확고하게 선언했다.

그제야 보좌관과 집사는 마지못해 밖으로 나가면서 실비아 디온을 노려봤다.

이윽고 두 여인만 남은 실내에는 정적이 감돌았다.

말해 봐.

어떤 용건이니?

마그레테가 가만히 실비아 디온을 응시했다.

방금 전 봄 날씨처럼 따뜻했던 그녀의 분위기는 삽시간에 사라졌다. 대신 그 자리에 찬바람이 부는 겨울과도 같은 서늘함이 자리를 잡았다.

만약 중요한 용건이 아니라면 무례함에 제대로 된 조치를 취할 작정이었다.

왕족 특유의 묵직하고 범접하기 어려운 분위기가 그녀에게서 흘러나왔다.

사람을 압도하는 서늘한 그 기운에 어지간한 사람은 감히 그녀의 얼굴을 정면으로 마주 보지도 못할 것 같았다.

그러나 실비아 디온은 한 점 흔들림 없이 오히려 싸늘한 미소로 응대했다. 마그레테의 기세에 전혀 밀리지 않고, 더욱 날카로운 기세를 흘렸다.

"덴마크 근위대 정보부에서 대표님에게 미인계를 펼치고 있다는 걸 알고 계시나요?"

실비아 디온에게서 건드리기만 해도 베일 것 같은 날선 말투가 튀어나왔다.

얼음공주 〈249〉

과연 그 미인계는 어디에서 지시가 내려온 것일까?

 군인 가문에서 태어난 실비아 디온은 군대의 체계에 대해 누구보다 잘 알고 있었다.

 분명 윗선에서 명령이 하달된 것일 터. 과연 그 윗선이 어디까지 이어진 것인지 그것이 궁금했다.

 '겉으로 보이는 게 다가 아니지.'

 실비아 디온은 마그레테의 본성을 파악하고 있었다.

 개미 한 마리 죽이지 못할 것 같은 선한 인상의 마그레테였다.

 미국은 차준후와 지나치게 친밀해져 가는 덴마크를 견제하기 위해 그들이 파악한 정보를 아낌없이 건넸고, 그 정보에 따르면 마그레테는 덴마크 근위대, 특히 정보부를 수족처럼 움직이고 있을지도 모른다는 가능성이 있었다.

 즉, 어쩌면 미인계는 마그레테가 지시한 것일지도 모른다는 뜻이었다.

 "……!"

 마그레테의 눈동자가 커졌다. 갑작스러운 이야기에 파란 눈동자가 지진이라도 난 것처럼 마구 흔들렸다.

 고고하던 그녀의 분위기는 단숨에 산산이 깨어졌다.

 이건 중요한 걸 넘어서 상호 간의 신뢰가 박살 날 수 있는 아주 심각한 사태였다.

 그녀는 갑작스러운 이야기에 크게 당황하여 무슨 말을

해야 할지 순간 말문이 막혔다. 뭐라고 말하고 싶었지만 입 밖으로 어떤 말도 꺼내지 못했다.

서늘해졌던 그녀의 얼굴에 당혹감이 크게 떠올랐다.

전혀 감정을 감추지 못하고 있는 마그레테를 실비아 디온이 쉴 새 없이 몰아붙였다.

"덴마크에서 빌려준 전세기에 덴마크 근위대 정보부 소속의 여성이 승무원으로 위장하고 있더군요. 그래요. 그것도 충분히 기분은 나쁘지만 이해할 수 있어요. 하지만 대표님에게 미인계라뇨? 그건 이해할 수 없는 문제입니다."

"자, 잠시만요. 갑작스러운 이야기라 머릿속이 정리가 되질 않네요. 사실 여부는 모르겠지만, 미인계가 아니라 정말 한눈에 사랑에 빠진 걸 수도 있지 않나요? 차준후 대표님은 멋있는 분이니까요. 미인계를 펼쳤다는 극단적인 생각은 좋지 않아요."

마그레테는 어떻게든 사실을 부정하려 했다.

말과는 달리 안색이 창백해진 그녀의 몸이 떨리고 있었다.

만약 덴마크 정보부에서 차준후를 속이고 이용하기 위해 미인계를 펼쳤다면, 이건 지금의 관계를 모두 무너뜨릴 수도 있는 사안이었다.

이걸 그냥 인정할 수는 없었다.

덴마크 왕실에서는 이번 스카이 포레스트와의 LNG 산업 협력을 무척이나 중요하게 여기고 있었다.

 그런데 만약 이 협력이 무산된다면?

 왕위 계승자인 그녀였지만, 왕위가 계승되는 그날까지는 결국 후보에 불과했다. 만일 이번 기술 협력에 문제가 생긴다면 왕위 계승 자격은 단번에 박탈될지도 몰랐다.

 실제로 그녀의 자리를 호시탐탐 노리는 왕족들이 몇몇 존재했다.

 "인정하지 못하겠다는 거군요. 이제부터 더 확실하게 이야기를 해 보죠."

 실비아 디온이 가방에서 사진과 서류 등을 꺼내어 탁자 위로 올려놓았다.

 엘리나의 사진과 그녀가 그동안 각국에서 벌인 행적들이 자세히 기록된 자료들이었다.

 엘리나가 그간 어느 나라의 누구에게 미인계를 펼쳐 산업스파이로 활약을 해 왔는지, 그녀의 전적이 고스란히 드러났다.

 이성에게 접근하여 거짓된 사랑을 속삭이며 속여 왔던 이야기들로 가득했다.

 "당신의 인정 여부는 중요하지 않아요. 제가 미인계라고 판단을 내렸고, 불쾌하게 생각하고 있다는 게 중요해요."

 실비아 디온은 거침이 없었다.

"……."

마그레테의 얼굴이 사색이 되었다.

뭐라고 변명하여 이 위기에서 빠져나가야 할지 도무지 방도가 떠오르지 않았다.

'멍청한.'

마그레테가 속으로 근위대 정보부의 행태를 욕했다.

'들키지 말았어야지.'

그녀는 미인계가 펼쳤다는 점이 아닌, 들켰다는 사실에 주목했다.

제9장.

헬스장

헬스장

 국가 정보기관의 활동이 전부 합법적으로만 이루어지지 않는다는 건 그녀도 잘 알고 있었다.
 그리고 그들의 행위를 부정할 생각도 없었다.
 오히려 나라를 위해 애쓰는 정보부 요원들의 헌신에 감사하고 있었다.
 그렇지만 그건 발각되지 않았을 경우의 이야기였다.
 첩보가 발각되면 그 집단과의 관계는 무너질 수밖에 없었다. 국가 사이에는 외교 문제로도 번질 수 있는 사안이었다.
 그리고 지금의 경우엔 스카이 포레스트와의 협력이 무산될 수도 있는 위기를 안겨다 주었다.
 오늘 기술 검증 용역에 대한 계약을 끝마쳤지만, 이것

은 시작에 불과한 일이었다.

 앞으로 스카이 포레스트와 함께 협력해야 할 일들이 너무나도 많았다. 하나같이 덴마크의 미래를 바꿀 수 있을 정도의 국익을 안겨다 줄 수 있는 사업들이었다.

 가령 스카이 포레스트의 유럽 법인 유치.

 스카이 포레스트 유럽 법인은 수억 달러 이상의 가치를 지니고 있었으니, 덴마크로서는 당연히 군침을 흘릴 수밖에 없는 일이었다.

 그런데 이 모든 것을 무너뜨릴 만한 위기가 닥친 것이다.

 "……저희 왕실에서도 미처 파악하지 못하고 있던 일이에요. 근위대 정보부의 책임자를 엄벌하고 다시는 이런 일이 없도록 조치를 취할게요."

 마그레테가 납작 엎드렸다.

 증거가 나온 이상 더 이상 부정은 할 수 없었다. 이럴 때는 인정할 건 인정하고, 최대한 굽히는 게 상책이었다.

 그러나 실비아 디온은 그 정도로 뜨뜻미지근하게 이번 사안을 마무리 지을 생각이 눈곱만치도 없었다.

 "엄벌은 알아서 하시면 됩니다. 우선 전세기의 조종사와 승무원을 모두 치워 주세요. 조종사와 승무원은 저희 스카이 포레스트에서 따로 고용하도록 하죠."

 "꼭 그렇게까지 해야 하나요? 문제가 되는 엘리나라는

여성만 빠져도 되는 거 아닌가요?"

마그레테는 초조해지기 시작했다.

그녀는 어떻게든 차준후 주변에 덴마크 사람을 두고 싶었다. 차준후에게서 흘러나오는 사소한 이야기 하나하나가 덴마크의 국익으로 이어질 수 있었으니까.

애초에 전세기를 무상으로 대여해 준 것은 그 때문이기도 했다.

세상에 공짜는 없었다. 무엇이든 다 이유가 있었다.

"믿을 수 있는 우리 사람들로 채워 놓아야 마음이 놓여요. 그게 싫다면 전세기를 다시 가져가세요."

실비아 디온이 밀어붙였다.

차준후의 안위를 생각하는 그녀에게 마그레테의 반응 따위는 중요하지 않았다.

전세기?

돈이 없는 것도 아니고.

오히려 이번 기회에 스카이 포레스트의 명의로 제트 여객기를 몇 대 사면 그만이었다. 미국 바잉사를 방문하면 몇 대라도 구매가 가능했다.

제작과 인도에 다소 시간이 걸린다면 덴마크처럼 미국 민간항공사로부터 전세기로 대여하면 됐다.

그렇지 않아도 SF 항공에 대해 고민하고 있던 차준후였고, 이번 미국 방문에서 바잉사를 방문하는 것도 좋아

보였다.

"기내의 사람들을 모두 불러들일 테니 전세기는 그대로 사용하세요."

마그레테가 결국 한발 물러섰다.

전세기를 다시금 돌려받으려고 하지 않았다.

차준후를 위한 선물이었다. 선물이 되돌아온다는 건 우애가 깨진다는 것이나 다름없었다.

"이번 일은 정말 유감이에요."

"다시는 이런 일이 발생하지 않도록 해 주세요."

지금 당장 덴마크가 저지른 행동을 보고하고, 이들과의 협력을 모두 무산시키고 싶었다.

차준후가 덴마크와 함께 사업을 하기로 마음먹은 것은 단순한 호의일 뿐, 별다른 이유가 없음을 실비아 디온은 잘 알고 있었다.

누구보다 차준후에게 신뢰를 받는 그녀의 말이라면 차준후는 아무렇지도 않게 당장 사업 파트너를 바꿀 것이었다.

하지만 그러기 위해서는 이 모든 상황을 차준후에게 설명해야만 했다.

그렇기에 실비아 디온은 이번 한 번만 참기로 했다.

"만약 같은 일이 벌어진다면…… 그때는 이렇게 조용히 넘어가지 않아요. 어떻게든 덴마크에 책임을 물을 겁

니다."

실비아 디온이 확실하게 짚고 넘어갔다.

그녀의 인내심은 지금이 한계였다.

"앞으로 이런 일은 없을 거라고 보장하죠. 덴마크는 영원히 스카이 포레스트와 좋은 관계를 이어 나가고 싶으니까요."

위협적인 이야기에 마그레테의 표정이 굳어졌지만 좋게 봉합하려고 노력했다.

그녀는 혹시라도 LNG 산업에서 배제될 수도 있다는 위기감에 한껏 긴장한 상태였다. 첫 출발을 덴마크가 해냈는데, 정작 그 이후로 빠져버리는 우스운 상황이 벌어질 수 있었다.

지금 차준후와 사이가 벌어지면 좋아할 만한 국가들이 너무 많았다.

"앞으로 지켜보죠."

경고를 날린 실비아 디온이 방을 빠져나갔다.

떠나가는 실바아 디온을 보면서 마그레테는 단 한 마디도 하지 못했다.

이런 무시와 무례를 당한 적이 있었던가?

항상 예우를 받던 마그레테였다.

딱딱하게 굳은 표정으로 있던 마그레테가 전화기를 들었다.

"마그레테예요. 근위대 본부로 연결해 주세요."

여러 복잡한 문제가 있었지만 그녀는 우선 이번 사태를 해결하기로 했다.

정보요원의 1순위는 기밀이었다.

작전이 들통났음에도 그 사실조차 모르는 정보요원은 자격 실격이었다.

좋았던 기분이 삽시간에 나락으로 떨어진 마그레테는 성큼성큼 왕실로 발걸음을 향했고, 퇴근했던 근위대장과 정보부장도 왕실로 달려가야만 했다.

미인계의 실패와 함께 덴마크 근위대에 공작 실패에 대한 사정의 칼날이 몰아쳤다.

* * *

편한 옷으로 갈아입은 차준후가 헬스장에 도착했다.

'헬스장에 러닝머신이 없으니 엄청 어색하네.'

차준후가 헬스장 안을 훑어보면서 가장 먼저 든 생각이었다.

덴마크 왕족들이 사용하는 헬스장이었기에 이 시대의 헬스장치고는 잘 꾸며져 있었지만, 시대상 운동기구에 큰 차이가 있는 것은 어쩔 수 없는 문제였다.

회귀 전에 간혹 헬스장에 갈 때면 가장 먼저 러닝머신

을 이용했던 차준후는 러닝머신이 없다는 것만으로도 무척 아쉽게 느껴졌다.

이건 이전에 스카이 포레스트 내에 헬스장을 만들 때도 느꼈던 부분이었다. 이 시대의 운동기구들은 전문적으로 운동을 하기엔 너무나도 부족함이 많았다.

'신판정 기술고문에게 운동용 러닝머신을 만들어 달라고 할까.'

1961년에 러닝머신이라는 것이 아예 존재하지 않는 건 아니었다.

그러나 이 당시 러닝머신은 운동기구로써 사용되지 않고 있었다. 일반인들이 접할 수 있는 건 의료용 정도로, 심장과 폐의 상태를 측정하기 위한 용도로 활용되는 것뿐이었다.

'아니, 이왕 만드는 거 다른 운동기구들도 만들어서 미국 전역에 헬스장을 운영하는 것도 괜찮지 않을까?'

차준후가 새로운 사업을 떠올렸다.

헬스장을 이용하는 이들이 그곳에서 운동을 하는 이유에는 여러 가지 있겠지만, 그중 상당 부분은 차지하는 것은 바로 다이어트다.

그렇다면 다이어트는 왜 하는 것일까?

당연히 첫 번째는 건강이며, 바로 두 번째는 이상적인 몸매를 만들기 위한 미용에 있다고 볼 수 있었다.

그리고 그러한 측면에서 헬스는 어찌 보면 화장품과 같은 일정 부분 같은 목적을 지니고 있다고 봐도 무방할 터였다.

차준후는 아직 이 시대에 헬스장이 대중적으로 활성화되지 않은 건 재밌고, 효율적으로 운동을 할 수 있는 21세기의 헬스장과 같은 운동기구가 없기 때문이라고 봤다.

그러나 조금 더 전문적으로, 체계적으로 운동할 수 있는 기구들이 헬스장에 설치된다면?

그동안 헬스장을 찾을 이유가 없던 이들에게 그 이유를 부여해 줄 수 있을 것이었다.

'미국 남성들에게도 충분히 어필할 수 있을 거야.'

이 시대의 미국 남성들은 마초적인 걸 선호했다.

미국의 만화책들 속 히어로들을 보면 대부분 마초스러운 근육들이 꿈틀거리고는 한다.

또한 그러한 부분을 자극하는 광고들이 크게 주목받기도 했다.

가령 시금치를 먹으면 근육을 키울 수 있다는 B급 감성의 광고가 있다. 이 광고는 미국에서 엄청난 히트를 쳤고, 매년 새로운 광고가 나올 정도로 인기를 끌었다.

그리고 미국인들이 가장 사랑하는 스포츠인 미식축구는 어떠한가?

아령과 역기 정도로만 운동을 해 왔던 그들에게 다양한

운동기구를 선보인다면 분명 큰 지지를 받을 게 틀림없었다.

'그리고 그렇게 헬스장을 찾은 손님들 전부가 스카이 포레스트의 화장품을 써 보게 되겠지.'

차준후는 헬스장의 샤워실에 스카이 포레스트의 제품들을 비치해 둘 생각이었다. 운동을 한 뒤 샤워를 끝내고 나온 손님들이 전부 스카이 포레스트의 화장품을 사용해 볼 수 있도록.

여성들조차 화장품을 안 쓰는 이들이 많은데, 남성들은 과연 오죽할까?

하지만 그것은 써 보지 않았기 때문일 뿐, 한 번 사용해 본다면 화장품을 사지 않을 수 없을 것이라 여겼다.

차준후는 스카이 포레스트의 화장품에 그만한 자신감이 있었다.

'그렇게 첫 화장품을 스카이 포레스트를 구매하게끔 만들면 전부 끝나는 거지.'

남성들은 좀처럼 화장품을 바꾸지 않는다.

그들이 구매할 첫 화장품으로 스카이 포레스트를 택하게 만들 수만 있다면, 스카이 포레스트는 콘크리트처럼 단단한 구매층을 확보하게 되는 것이었다.

'헬스장에서도 바로 구매할 수 있도록 판매도 진행해야겠네.'

운동하는 남성을 위한 화장품!

야수와도 같은 남성을 위한 향기!

여성들을 유혹하는 근육남의 화장품!

내 남자의 진정한 향기! 스카이 포레스트가 함께합니다.

차준후가 화장품을 미국 남성들에게 더 팔 수 있는 여러 마케팅과 언론 플레이들을 떠올렸다.

'이번에 미국에 가면 한번 사업적으로 진지하게 생각해 봐야겠다.'

그는 거기까지 고민을 끝낸 후 이제는 본래 목적인 운동에 집중하기로 했다.

'이야, 저런 운동기구들로도 다들 열심히 하시네.'

차준후의 시각에서 볼 때 누추한 헬스장에는 이미 선객들이 먼저 와서 열심히 운동을 하고 있었는데, 바로 차준후의 경호원들이었다.

교대로 근무하는 경호원들이 쉬는 시간임에도 불구하고 몸 관리에 열심이었다.

한국의 경호원들이 합류하면서 미국 경호원들과 미묘한 경쟁을 일으켰다.

전문 경호에 있어서 한국 경호원들이 미숙한 면이 있는 건 사실이었다.

그러나 표주봉을 비롯한 경호원들은 하나같이 치열한

전쟁을 몇 년씩 겪어 본 전사들이었다. 전역하고서 먹고 살기 힘들어 잊었던 전쟁 당시의 날카로운 감각을 빠른 속도로 되찾아 갔다.

"운동을 열심히들 하고 계시네요."

차준후가 땀을 흘리면서 역기를 들고 있는 경호원들을 보면서 감탄했다.

무거운 역기를 들 때마다 경호원들의 근육이 꿈틀거렸다. 호리호리한 체격의 차준후에게는 없는 마초스러운 모습이었다.

"대표님도 저희처럼 근육을 만드시는 게 가능합니다. 한 달만 열심히 운동하시면 제가 만들어 드리죠."

땀을 줄줄 흘리고 있는 표주봉이 역기를 내려놓으며 말했다. 함께 운동을 하며 친밀해지고 싶어 하는 기색이 역력했다.

"감탄만 하겠습니다."

사이클에 오른 차준후는 적당히 운동하면서 건강을 챙기자는 주의였다. 우락부락한 근육을 만들고 싶은 생각은 없었다.

"대표님도 운동을 좋아하시지 않나요?"

"몸이 워낙 비실비실해서요. 운동하지 않으면 쓰러질 것 같아서 하고 있지요."

차준후가 반쯤 진심을 담아서 이야기했다.

수술 후유증은 없었지만 관리를 해 주지 않으면 몸에 신호가 올 정도로 나약했다. 오랜 시간 사무실의 의자에 앉아 있으면 피곤이 빨리 찾아왔다.

"그럴수록 운동을 열심히 하셔야만 합니다, 대표님."

"지금 하고 있잖아요."

차준후가 적당한 속도로 페달을 밟기 시작했다. 그리고 조금씩 속도를 높이자 몸에 열기가 오르면서 이마에서 땀이 났다.

가지런하던 호흡이 서서히 숨이 가빠 오기 시작했다.

차준후는 아까 전에 떠올린 새로운 헬스장 사업에 대한 사전 조사 및 의견 청취를 구하려고 했다. 가장 먼저 옆에서 묵직한 아령을 들고 있는 표주봉에게 슬쩍 물었다.

"후우. 한국에 새로운 운동기구 좀 만들어 둬야겠어요. 한국으로 돌아가서도 이렇게 운동할 수 있게요. 그러면 다들 좋아하겠죠?"

"물론이죠. 다들 좋아할 겁니다. 그런데 새로운 운동기구라니, 어떤 걸 만드시려는 겁니까?"

표주봉이 곧바로 반응했다.

운동에 진심인 그는 차준후가 만들어 낼 새로운 기구들이 벌써부터 기대됐다.

"러닝머신이라는 겁니다."

"러닝머신이요?"

"제자리에서도 달리기를 하는 듯한 효과를 줄 수 있는 기구입니다. 경사를 조절하면 언덕에서 뛰는 느낌도 줄 수 있죠."

표주봉이 눈을 반짝거렸다.

"아, 그런 운동기구가 있다면 정말 좋겠네요! 그동안은 좁은 헬스장 안에서 뛰어다닐 수도 없는 노릇이라 날씨가 지나치게 춥거나 비가 오면 뛰는 건 포기할 수밖에 없었는데, 앞으로는 실내에서도 마음껏 뛸 수 있다는 거잖습니까? 다들 줄을 서서 사용할 겁니다."

이야기만 들었을 뿐인데 벌써부터 표주봉의 반응이 폭발적이었다.

그렇지만 러닝머신만으로 끝이 아니었다.

근육을 만드는 데 진심인 사람들에게 더욱 환상적인 이야기가 따로 있었다.

"상체와 하체의 근육들을 세분화해서 전문적으로 운동할 수 있는 기구들도 생각하고 있습니다. 예를 들어 등 근육인 광배근만 전문적으로 운동할 수 있는 기구를 만들어 내는 거죠."

차준후의 머릿속으로 여러 운동기구들의 형태와 작동 원리가 떠올랐다.

그 이미지를 그림으로 그려 내면 지금까지처럼 신판정과 기술자들이 알아서 잘 만들어 줄 터였다.

발명은 발상을 해내는 것이 가장 어려운 법이었다.

그러나 차준후에게는 필요하다고 생각한 순간 머릿속에 있는 지식을 꺼내기만 하면 됐다.

그것만으로도 간단히 지금까지 세상에 없던 혁신적인 운동기구가 만들어지는 건 순식간이었다.

"그게 가능한 겁니까? 와, 생각만 해도 환상적입니다. 운동을 하다 보면 키우고 싶지 않은 근육들까지 커지는 경우가 있어서 난처하기도 했거든요. 제발 꼭 만들어 주십시오."

"예. 그렇게 좋아하시니 꼭 만들어야겠군요."

차준후가 21세기의 운동기구들을 떠올리며 페달을 밟아 나갔다.

아무리 봐도 헬스장 사업이 실패할 것 같지 않았다.

그리고 실패하게 내버려 둘 차준후도 아니었고.

표주봉이 기쁜 소식을 동료들에게 가서 알렸다.

"대표님이 러닝머신이란 거랑 몇 가지 새로운 운동기구를 만드시겠단다!"

"러닝머신? 그게 뭡니까?"

"잘 들어 봐라. 대표님이 아주 혁신적인 기구들을 생각해 내셨어."

표주봉이 자신이 들었던 이야기를 동료들에게 가서 이야기했고, 또 그 이야기를 영어가 가능한 경호원이 미국 경호원들에게도 알렸다.

"말만 들어도 천국이다."

"이야! 그런 천국을 직접 경험해 봤으면 좋겠다."

"역시 대단하신 분이야."

"몸을 전문적으로 단련할 수 있는 운동기구라! 환상적이다."

경호원들의 눈이 일제히 차준후에게 집중됐다.

그들 가운데 운동을 싫어하는 사람은 한 명도 없었다. 그렇기에 비번에도 이렇게 헬스장에 와서 운동을 하고 있는 것이었다.

경호원들이 우르르 차준후에게 몰려들었다.

평소 차준후에게 먼저 말을 잘 걸지 않는 묵직한 미국 경호원들까지 몰려들어 아우성이었다.

"대표님, 제발 꼭 부탁드립니다."

"하루라도 빨리 만들어 주세요."

"대표님이 만든 운동기구로 운동을 해 보고 싶습니다. 아령과 역기만 드는 건 이제 지겹습니다."

"대표님의 말씀을 들어 보니 저는 지금껏 원시적인 도구로만 운동해 온 원시인이네요. 대표님의 명품 운동기구가 나오면 곧바로 구매하겠습니다."

"미국에 가면 곧바로 준비를 시작할 생각이니 다들 진정 좀 하세요."

헬스장 〈271〉

차준후가 아우성인 경호원들을 다독거렸다.

괜히 헬스장 사전 조사를 했다가 경호원들의 관심을 폭발적으로 받게 된 차준후였다.

"약속하셨습니다."

"하루를 일 년처럼 기다리겠습니다."

차준후의 약속을 받은 경호원들이 다시금 운동을 하기 위해 물러갔다. 그러나 그들의 시선은 여전히 차준후에게 머물러 있었다.

뜨거운 화제를 불러일으킨 차준후는 이제 자신의 운동에 집중했다.

운동하기에 참으로 좋은 왕실 헬스장이었다.

열린 창문을 통해 청량한 녹음의 향기가 전해져 왔고, 은은한 조명이 켜져 있는 분수에서 물이 솟구쳤다가 떨어지기를 반복하고 있었다. 물방울들이 보석처럼 흩날리며 조명에 반짝거렸다.

건물을 둘러싸고 있는 정원의 모든 풍경이 상상 이상으로 아름다웠다. 형형색색의 꽃과 나무들, 그리고 조각상들이 절묘하게 어우러져 있었다.

이름 모를 새들이 지저귀는 소리까지 들려왔다.

가만히 귀를 기울이면 마음속까지 시원해지는 기분이 들었다.

유럽의 감성과 문화, 왕실의 고귀한 분위기를 듬뿍 품

고 있는 왕실 별장이었다.

'멋있네.'

지상에서 직접 봤을 때와 3층 헬스장에서 바라볼 때의 풍경이 사뭇 달랐다. 보는 각도까지 정교하게 계산한 정원 설계였다.

'이런 정원을 영장산에도 만들 수 있다면 괜찮겠어. 노하우를 배울 수 있는지 한번 물어봐야겠네.'

차준후는 영장산의 화원을 조성하기 위해 이 별장의 정원사들에게 도움을 청하기로 마음먹었다.

만약 거절을 당한다 하더라도 문제 될 건 없었다. 이곳이 아니더라도 뛰어난 원예 전문가들은 있을 테니까.

차고 넘치게 대가를 지불한다면 그들은 유럽에서 대한민국까지도 한달음에 날아와 줄 터였다.

세상엔 돈으로 안 되는 것보다 되는 게 더 많았다.

이럴 땐 돈을 많이 벌어 두길 잘했다는 생각이 들었다.

'부족하나마 해외여행을 온 느낌을 맛볼 수 있게 되겠네.'

차준후가 바라는 것은 그거였다.

대한민국이 전면적으로 해외여행이 가능하게 되는 시기는 놀랍게도 무려 1989년에 이르러서다.

제한적인 해외여행도 1983년에서야 처음 가능해진다.

여행을 목적으로 한 여권은 발행 자체가 되지 않았던

것이다.

물론 설령 가능했다 하더라도 하루하루 먹고살기도 바쁘던 시기에 해외여행을 갈 만큼 여유가 있던 사람은 많지 않았겠지만 말이다.

아무튼 차준후는 자신만 이러한 풍경을 보고 있자니 아쉬운 마음이 컸다.

대한민국의 다른 국민들도 이 아름다운 풍경을 같이 누릴 수 있으면 했다.

그렇게 생각을 매듭 지은 차준후는 다시 운동에 집중하기 시작했다.

20분 정도 더 했을까?

옆의 사이클 위에 타이트한 운동복을 입은 실비아 디온이 올라섰다.

탄력 넘치는 몸매가 무척이나 매력적이었다.

"벌써 일은 다 끝나신 거예요?"

차준후가 물었다.

"대표님과 함께 운동하기 위해서 빨리 끝내고 달려왔죠. 그렇지 않아도 몸이 찌뿌둥해서 운동 좀 하려고 했거든요."

실비아 디온이 천천히 사이클 페달을 밟기 시작했다.

그녀는 천천히 몸을 예열시키는가 싶더니, 금세 속도를 올려 나갔다. 순식간에 그녀의 사이클은 차준후의 사이클보다 빠르게 움직이기 시작했다.

 어렸을 때부터 아빠를 비롯하여 여러 트레이너들에게 코치를 받으며 단련했던 그녀의 육체 능력은 일반의 범주를 벗어나 있었다.

 슬쩍 옆을 봤던 차준후는 슬그머니 페달을 밟는 속도를 올렸다.

 그러나 평소 속도보다 무리를 하니 금방 숨이 가빠져 왔다. 심지어 이렇게 무리를 해서 속도를 올려도 그녀의 속도는 따라잡을 수가 없었다.

 "음!"

 침음을 흘린 차준후가 사이클 위에서 내려왔다.

 '힘들어서가 아니야. 충분히 달렸으니 이제 근력 운동 좀 해야지.'

 유산소 운동은 충분히 했으니 근력 운동을 해야겠다며 내려왔지만, 평소보다 짧게 사이클을 끝마친 차준후였다.

 사이클에서 내려온 차준후가 상체 운동을 하기 위해 벤치프레스로 이동했다.

 "웃차!"

 벤치에 등을 붙인 차준후는 양손에 쥔 덤벨을 들어 올렸다가 내리기를 반복했다.

 "대표님, 호흡에 신경을 쓰면서 운동하시면 더욱 효과가 좋습니다."

어느새 옆으로 다가온 표주봉이 훈수를 뒀다. 그렇지 않아도 아까 전부터 차준후의 운동을 코치하고 싶어서 몸이 근질거리던 그였다.

"대표님은 제가 코치해 드릴게요. 표주봉 경호원은 하던 운동 계속하세요."

사이클을 끝마친 실비아 디온도 어느새 차준후의 옆에 다가와 있었다. 그렇게 빠른 속도로 운동했음에도 그녀는 숨소리 하나 흐트러지지 않은 모습이었다.

"알겠습니다."

표주봉이 재빨리 물러났다.

한쪽으로 이동을 했지만 그의 시선은 여전히 차준후에게 머물렀다. 혹시라도 실비아 디온이 제대로 가르치지 못하면 곧바로 개입할 작정이었다.

실비아 디온의 가르침은 무척이나 전문적이었다.

"이렇게요?"

"조금 틀리셨어요. 제가 잠시 터치를 좀 할게요."

실비아 디온이 차준후의 손목과 팔꿈치를 부드러운 손놀림으로 조정해 줬다.

"어때요?"

"운동하는 게 편해졌어요."

"지금 자세로 운동하면 근육에 자극이 더 갈 거예요."

"고마워요."

"대표님의 몸 관리도 당연히 비서실장으로서 챙겨야 하는 일이니까요."

실비아 디온의 코치는 무척이나 세심했다.

매의 눈으로 차준후의 몸 상태를 살폈다.

"헉!"

유심히 상황을 지켜보던 표주봉이 깜짝 놀랐다. 운동이라면 제법 자신이 있던 그도 실비아 디온처럼 가르칠 자신은 없었다.

당연하다면 당연한 일이었다.

그녀는 어린 시절부터 전문가들에게 트레이닝을 받았을 뿐만 아니라, 아빠도 최고의 전문가 중 한 명이었으니까.

자신이 배운 것을 그대로 가르치고 있는 것이었으니, 차준후는 미국 최고의 전문가 중 한 사람에게 코치를 받는 것이나 다름없었다.

"실비아에게 운동을 배우니 뭔가 느낌이 더 오는 거 같네요."

"앞으로도 제가 가르쳐 드릴게요."

"그러지 않아도 괜찮아요. 실비아의 시간을 많이 뺏을 수는 없죠."

"아니에요. 어차피 저도 운동은 매일 하는걸요. 제 운동을 하면서 틈틈이 봐 드리는 거니 괜찮아요."

짧게라도 결코 운동을 빼먹지 않는 실비아 디온이었다.

헬스장 〈277〉

어차피 하는 거 차준후와 함께 운동을 할 수 있다면 더욱 좋았다.

'틈틈이 봐주는 게 아닌데……'

차준후는 내심 쓴웃음을 지었다.

지금 실비아 디온은 자신의 운동을 뒤로한 채 차준후의 운동만 봐주고 있었다. 이건 아무리 봐도 틈틈이 봐주고 있는 게 아니었다.

"처음부터 너무 무리하면 크게 다칠 수 있으니 오늘 여기까지만 해요. 오늘 상체를 했으니, 내일은 하체를 제대로 코치해 드리죠."

실비아 디온의 코치는 아직 끝나지 않았다.

현재진행형이었다. 한참은 끝나지 않을 것 같은 분위기였다.

마그레테 때문에 불쾌했던 감정이 차준후와 함께 운동하면서 눈처럼 녹아서 사라져 버렸다.

"내일이요?"

"운동은 꾸준히 해야 효과가 좋아요."

그냥 시간이 날 때마다 운동을 하려고 했던 차준후는 그렇게 내일도 운동하는 것으로 확정 지어졌다.

"그런데 실비아는 오늘 운동을 하지 못해서 어떡해요?"

"전 오늘 아침에도 제대로 운동을 했으니까 걱정하지 마세요."

눈을 뜨자마자 헬스장에서 근육을 단련하고, 별장 산책로에서 조깅까지 한 그녀였다. 그녀는 마이크를 비롯한 경호원들과 대련하면서 땀을 흘리기도 했다.

"몇 시에 아침 운동을 하나요?"

아침 운동.

뭔가 울림이 있는 단어였다.

차준후는 갑자기 아침 운동이 해 보고 싶다는 욕구가 생겼다.

"다섯 시요."

"네? 그렇게 일찍이요?"

이건 아침 운동이 아니라 새벽 운동이었다.

"함께하실래요? 아침 공기가 무척이나 상쾌해요."

"어휴! 아닙니다. 저는 저녁 운동이면 충분합니다."

건강을 챙기는 것도 좋지만, 그렇다고 새벽 다섯 시부터 운동하고 싶은 생각은 눈곱만치도 없었다.

새벽 다섯 시는 차준후가 잠자리에서 꿀잠을 취하고 있을 시간이었다.

'실비아를 따라서 운동하지 말자. 뱁새가 황새를 따라가려고 하다가는 가랑이가 찢어져. 적당한 것이 좋아.'

그는 재능이 넘쳐 나는 실비아 디온과 달리 운동은 적당히 하는 걸로 타협을 봤다.

신규 사업

"셋 하면 들어 올려."
"중요한 작품이니까 조심해."
"하나, 둘, 셋! 들어!"
"조심! 조심해서 천천히 움직여!"
미술품 전시와 설치 관계자들이 왕실 별장에서 그림을 포장하고 있었다.

오랜 호흡을 맞춘 그들이었지만 지금 다루고 있는 건 세기의 명작들이었다. 조금이라도 그림에 손상이 가면 대형 사고였다.

인부들의 표정에서 긴장감이 감돌았다.

혹시 모를 사태를 대비해서 그림 이송 과정에서 경찰들과 경비업체 직원들이 함께하기로 했다. 공항까지 경호를 받으면서 이동할 귀한 그림들이었다.
 차준후와 마그레테가 차량에 그림들이 실리는 이송 과정을 살펴보고 있었다.
 "한 점만 받아도 충분한데, 세 점이나 주시다니 감사합니다."
 오랜 세월 왕실 별장에 있던 그림 세 점이 차준후의 소유로 넘어갔다. 원래는 한 점이었는데, 덴마크 왕실의 결정으로 세 점으로 늘어났다.
 차준후의 소유가 된 작품들은 외부에 알려지면 세기의 관심을 받기에 충분했다.
 지금 시세로 몸값이 백만 달러를 넘는 명작들이었다. 그리고 시간의 흐름과 함께 그 가치는 더욱 높아질 것이었다.
 "차준후 대표가 덴마크에 준 영광에 비하면 조촐하지요. 솔직히 더 드리고 싶은 마음이 커요."
 마그레테가 웃으며 이야기했다.
 슬쩍 실비아 디온을 살피는 그녀의 눈빛에는 긴장한 기색이 역력했다.
 "세 점만 해도 과합니다. 여기서 더 받을 수는 없어요."
 차준후가 극구 사양했다.
 지금만 해도 그림에 대한 비용을 지불하고 싶은 심정이었다.

이번에 선물을 받은 그림들은 아무리 돈이 많아도 쉽게 구할 수 없는, 역사에 길이 남을 명작들이었다.

 이 이상은 호의로 받아들여 넘기기 부담스러웠다.

 '비서실장이 말하지 않은 모양이야. 다행이다.'

 마그레트는 차준후의 표정을 살피며 안도의 한숨을 내쉬었다.

 사실 그녀는 끝까지 실비아 디온의 말을 곧이곧대로 믿지 않았다. 그 자리에서는 차준후에게 말하지 않겠다고 했지만 마음이 바뀌었을 수도 있다고 여겼다.

 값어치를 매길 수 없는 명작을 두 점이나 더 준 것은 그 때문이었다. 혹여나 차준후가 미인계에 대해 알게 되었더라도 좋게 넘어가 달라는 의미의 뇌물이었던 것이다.

 그러나 다행히 실비아 디온은 자신이 할 말을 지켰고, 차준후는 아무것도 모르는 표정이었다.

 마음이 놓이자 마그레테의 표정이 한결 좋아졌다.

 "이렇게 빨리 가신다니 너무 아쉬워요. 함께 요트를 타고 덴마크의 바다를 보여 드리고 싶었는데 말이죠."

 아쉬운 일은 이것뿐만이 아니었다.

 덴마크에서는 국왕이 명예시민증을 차준후에게 부여하는 행사를 준비하고 있었다. 차준후와 덴마크 사이에 교류의 장을 만들고, 좋은 관계를 유지하기 위한 방법이었다.

 그러나 그런 시도는 이번 정보부 사태로 완전히 사라지

고 말았다.

"나중에 기회가 있겠지요. 미국에서 빨리 와 달라고 성화여서 가 봐야 합니다."

토니 크로스의 편지가 덴마크에까지 날아왔다.

미국 인사들을 통해 전달된 편지에는 과도한 업무 때문에 죽겠다는 하소연이 가득 넘쳐 났다. 이대로 조금만 더 일하면 파업을 일으키겠다는 경고까지 있었다.

어차피 LNG 사업과 유럽 법인 유치에 대한 각국의 제안서까지 모두 전달받았으니, 유럽에서 해야 할 일은 모두 끝난 상태였다.

제안서의 내용은 차준후가 홀로 검토할 수 있는 것이 아니었다.

단어 하나를 놓친 것만으로도 큰 문제가 발생할 수 있는 게 계약이라는 것이었으니, 변호사와 실무진들과 함께 시간을 들여 꼼꼼히 검토해야만 했다.

'유럽 법인 유치는 그 이후에 생각해 봐야겠지.'

해외 법인은 독립된 법인으로 운영되는 탓에 고려해야 할 부분이 해외 지사에 비해 훨씬 많기에 간단히 결정할 수 있는 문제가 아니었다.

그에 차준후는 우선 지사를 먼저 설립하기로 마음먹었다.

당장 법인을 세우는 것은 대한민국보다 그 나라에 더

이득이 될 수도 있는, 남 좋은 일만 시키는 일이 될 수도 있었다.

그러나 지사를 설립한다면 스카이 포레스트 본사에서 파견의 형태로 직원을 보낸다면 국내 일자리 창출에도 도움이 될 테니 나쁘지 않겠다 판단한 것이었다.

그러면서 미국처럼 현지화 작업을 통해 해당 국가에도 이득을 줄 생각이었다.

어느 나라에 지사를 설립할지는 귀국하는 대로 실무진들과 협의하여 결정한 후, 이후는 도쿄 지사처럼 떠넘길 작정이었다.

"요트는 다음 기회에 타도록 하죠. 이만 가 보겠습니다."

차준후가 작별 인사를 건넸다.

이제는 덴마크를 떠나야 할 시간이었다.

"다음에 뵐 날을 간절히 기다릴게요."

마그레테가 손을 건넸다.

차준후는 그녀와 악수를 나누고는 이내 벤츠 리무진에 몸을 실었다. 그 옆으로 실비아 디온과 빌바오 샤르트르가 함께했다.

여러 호위 차량의 에스코트를 받으며 차준후가 탑승한 리무진이 왕실 별장에서 멀어졌다.

마그레테는 차가 더 이상 보이지 않게 될 때까지 물끄러미 그 방향을 바라보았다.

그리고 이내 차가 보이지 않자 자신의 손바닥을 내려다봤다. 방금 전 나눴던 악수의 여운이 아직 남아 있었다.

"다음에 볼 때는 얼마나 성장해 있을까?"

덴마크에 머무르는 짧은 시간에도 위상이 크게 달라진 차준후였다.

그의 사소한 행동 하나하나에도 세계가 들썩거리고 있었다.

미국에선 과연 어떤 일을 벌일지 상상조차 가지 않았다.

"제인 중령."

"네, 공주님."

근위대 복장을 입고 있는 여인이 나타났다.

여인, 제인 중령은 근위대 정보부를 책임지고 있는 지휘관으로 마그레테를 따르고 있었다.

"차준후의 귀화 작업은 그 어느 때보다 신중하게 진행해야 합니다."

개미 한 마리 죽이지 못할 것 같던 선한 인상의 마그레테에게서 서늘함이 흘러나왔다.

어쩌면 이것이 그녀의 본모습일지도 몰랐다.

마그레트는 그동안 덴마크를 위해서라면 지탄받을 일도 기꺼이 해 왔다.

덴마크의 국민들을 위해 누구든 속일 수 있었으며, 덴마크의 국익을 위해 배신하는 것도 마다하지 않았다.

"명심하겠습니다."

제인 중령이 마그레테를 향해 고개를 숙이며 답했다.

사실 덴마크 근위대 정보부는 철저히 마그레테의 명에 따라 움직이는 손발이나 마찬가지였다.

앞서 미인계에 얽힌 이들을 향해 사정의 칼날을 펼쳤던 건 철저히 외부의 눈을 속이기 위함이었다.

이로써 마그레테가 미인계에 개입했음은 드러나지 않을 터였다.

"제인 중령이 다들 잘 다잡아 주세요. 이번 일로 감정이 상한 대원들도 있을 테니까요."

"공주님에게 불만을 가진 대원들은 없습니다. 그건 제가 장담할 수 있습니다."

덴마크를 위해 불철주야 노력하는 마그레테였다. 근위대 모두가 그것을 잘 알기 때문에 위험을 무릅쓰며 임무를 수행하는 것이었다.

신분의 차이는 있지만 덴마크를 위한다는 마음은 같았다.

"조국을 위해 고생한 분들에게 잠시 달콤한 휴식을 주는 거예요. 이번 사태가 잠잠해지면 다시금 불러들인다고 약속하죠."

"공주님의 약속을 모두에게 전하겠습니다. 저번 작전은 모두 저의 불찰입니다."

제인은 설마 엘리나의 정체가 이토록 빨리 드러날 줄은 상상조차 하지 못했다.

심지어 정체가 발각된 것을 파악도 하지 못한 건 엄청난 실책이었다. 본래라면 부하들이 아닌, 그녀가 책임을 지고 물러나야만 했다.

하지만 미인계 작전의 실패는 부하들이 대신 짊어지고 물러났다.

지금 당장 제인 중령이 자리에서 물러난다면, 그 자리를 대체할 자가 없다는 마그레테의 판단 때문이었다.

"아니에요. 미국의 정보력을 얕본 건 저도 마찬가지였어요. 설마 우리 정보부 요원들의 움직임이 그 정도로 파악당하고 있는 줄은 미처 몰랐네요."

"죄송합니다. 앞으로 철저하게 주의를 기울이겠습니다."

"지나간 일은 이만 잊도록 하죠. 그보다는 앞으로가 문제예요."

이번 일로 차준후에게 빌려준 전세기에 승무원으로 위장하여 탑승하고 있던 대원들이 모두 내리게 되었다. 차준후에게서 그 어떤 사소한 정보라도 먼저 손에 넣기 위해 꾸민 작전이 물거품이 된 것이다.

이제는 정보의 시대였다.

하루에도 수많은 정보가 홍수처럼 쏟아져 나왔고, 조금이라도 시대의 흐름에 늦춰지면 따라가기 힘든 세상이 되어 버렸다.

그 때문에 미인계 작전까지 벌였던 것인데, 그것이 오히려 악수로 돌아오고 말았다.

무척이나 뼈아픈 실책이었다.

하지만 지나간 일은 지나간 일. 실패 한 번 했다고 손 놓고 있을 수만은 없었다.

지나간 일은 그만 잊고 앞으로 어떻게 해야 할지, 다른 방법은 없는지 고민하는 것이 급선무였다.

잠시 고민하던 제인 중령이 입을 열었다.

"스카이 포레스트 내부에 요원을 심거나, 협력자를 구해 보도록 하겠습니다."

마그레테와 정보부는 차준후에 대한 공작을 결코 포기하지 않았다.

차준후와 스카이 포레스트의 정보는 현재 세계에서 가장 중요한 가치를 지닌 정보라고 해도 과언이 아니었다.

그 정보들을 다른 나라들보다 먼저 선점할 수만 있다면, 덴마크는 단숨에 세계 강대국 반열에 오를 수 있을지도 몰랐다.

이는 결코 포기할 수 있는 부분이 아니었다.

"당분간 요원 동원은 자제하세요. 한동안은 크게 경계하고 있을 테니까요. 음…… 스칸디 무역상사에서 친화력 좋은 직원들을 뽑아 둘 테니 정보부에서 교관을 파견해 교육을 시켜 주세요. 서울 지부를 열어야겠어요."

스칸디 무역상사는 덴마크 왕실에서 직접 운영하는 사업체들에서 생산되는 물건을 외국에 수출하거나 국내에 유통하는 일을 도맡고 있는 기업이었다.

다루는 물건의 품목은 많지 않지만, 덴마크 왕실에서 애용할 만큼 상등품의 물건들만 생산하는 탓에 무역 규모가 결코 작지 않은 곳이었다.

과연 그 비싼 물건들이 1961년의 대한민국에서 팔릴지 의문이었지만, 마그레테는 사업성은 조금도 고려하지 않은 채 서울 지부 설치를 마음먹었다.

사업적으로는 다소 손해를 봐도 상관없었다.

어차피 수익을 목표로 한 사업이 목적이 아닌, 차준후와 스카이 포레스트를 가까운 곳에서 지켜보며 정보를 습득하는 것이 주된 목표였기 때문이었다.

지시를 내리던 마그레테가 순간 아차 하며 미간을 좁혔다.

"아! 그리고 미국에게 한 방 먹었으니, 우리도 그들에게 한 방 먹일 수 있는지도 살펴보세요."

"조치하겠습니다."

세계의 패권을 움켜잡고 있는 미국의 정보력은 정말 엄청났고, 그로 인해 엄청난 치욕을 겪게 되었다.

그동안 이런 대우를 단 한 번도 받아 본 적이 없는 마그레테로서는 참을 수 없는 굴욕이었다. 나라와 국민들을 생각하며 정말 간신히 인내했던 그녀였다.

 물론 미국은 미국대로 자국의 이익을 위해 움직인 것뿐이었다. 미국의 입장에서는 차준후와 점점 긴밀해져 가는 덴마크를 가만히 두고 볼 수 없었을 터였다.

 세기적 천재인 차준후를 두고서 전 세계는 물밑에서도 치열하게 경쟁을 이어 나가고 있었다.

 만약 차준후를 끌어들이기 위해 비열한 짓을 벌이지는 않는지 각국이 서로를 감시하는 사태가 벌어지고 있었다.

 그중에서도 차준후와 깊은 인연을 맺고 있는 미국과 덴마크는 1순위 감시 대상이었다.

 그런 와중에 덴마크가 욕심을 부려 근위대 정보부를 움직인 것은 미국에게 크나큰 기회였다. 그걸 빌미로 차준후의 최측근인 실비아 디온에게 덴마크를 향한 악감정을 심을 수 있었으니까.

 국가의 이익 앞에서 냉정한 국제사회였고, 다들 약한 쪽을 물어뜯으려고 난리였다. 당하지 않으려면 눈을 크게 뜨고 경계해야만 했다.

 이번에는 덴마크가 약한 부분을 드러낸 것뿐이었다.

 하지만 일방적으로 미국이 쏜 총에 맞은 마그레테로서는 가만히 당하고만 있을 수는 없었다.

"가죠. 해야 할 일이 많네요."

"네."

마그레테와 제인이 자리를 떠났다.

덴마크에서 차준후가 떠난 날, 대현그룹의 사람들이 왕실 별장에서 떠나 최고급 호텔로 숙소를 이동했다. 왕실 별장을 빌려줘야 할 차준후가 없기에 아주 자연스러운 일이었다.

대현그룹의 입장에서는 최고급 호텔에서 숙박하는 것도 충분히 고마운 일이었다.

그렇게 차준후가 덴마크를 떠난 뒤에도 정영주를 비롯한 대현그룹의 사람들은 조선소와 기술 협력 문제를 해결하기 위해 아주 바쁘게 돌아다녔다.

* * *

벤츠 리무진이 공항 내부로 진입했다.

리무진은 코펜하겐 공항에 처음 도착했을 때처럼 전세기 옆에 멈춰 섰다. 덴마크를 떠나기 직전까지 덴마크는 최선을 다해 차준후를 국빈으로 예우해 주었다.

"안녕히 가십시오."

"덕분에 편안하게 왔습니다. 감사합니다."

"다음에 다시 모실 수 있는 날을 고대하겠습니다."

차준후와 일행이 덴마크 사람들의 배웅을 받으며 전세기에 올랐다.

"어서 오십시오. 오늘부터 여러분들을 새롭게 모시게 된 승무원 사리나입니다."

빼어난 금발 미녀가 차준후를 반겼다.

"어? 승무원분이 바뀌었나요?"

차준후는 비행기에 탈 때마다 들이대던 여승무원이 보이지 않는다는 걸 알아차렸다.

"네. 앞으로는 제가 차준후 님의 비행을 모시게 되었습니다. 잘 부탁드려요."

"제가 잘 부탁드려야지요."

좌석에 앉으며 주변을 둘러본 차준후는 이내 지금까지 봤던 승무원들이 아무도 보이지 않음을 알아차렸다.

"직원들 얼굴이 전부 바뀌었네요?"

"조금 문제가 있어 보여서 전원 교체해 달라고 요청했어요."

차준후의 옆좌석에 앉은 실비아 디온이 아주 간략하게 설명했다. 덴마크 근위대 정보부의 미인계에 대해선 묻어 두기로 했기에 복잡한 이야기는 모두 생략하였다.

"승무원분들이 바뀐 건 좋네요. 잘하셨어요. 안 그래도 좀 불편했거든요. 역시 제 마음을 알아주는 건 실비아밖에 없네요."

모든 승무원이 한꺼번에 바뀌는 게 어디 흔한 일인가?

당연히 차준후도 이상함을 느꼈고, 무언가 내막이 있으리라 생각했다.

하지만 차준후는 실비아 디온을 전적으로 신뢰했다. 그녀가 무엇을 하든 전부 자신을 위해 하는 것이리라 여겼다.

신임하는 비서실장이 구태여 이야기하지 않는 데에는 다 이유가 있고, 자신이 알 필요가 없다고 판단했기에 말하지 않는 것일 터였다.

그에 차준후는 더 이상 물어보지 않은 채 다수롭지 않게 넘겼다.

"감사해요."

신뢰받고 있다는 사실에 실비아 디온이 감복했다.

"항상 저를 위해 애써 주시는데 제가 고마워해야죠."

차준후는 살며시 미소를 짓고는 생각에 잠겼다.

'역시 그림이 세 점으로 늘어난 건 다 이유가 있었네.'

덴마크가 아무런 이유도 없이 주진 않았을 거라 생각은 했다.

하지만 그냥 호감을 더 얻기 위한 행위일 수도 있다 여겼는데, 실비아 디온의 태도를 보아하니 무언가 덴마크가 잘못한 게 있고 그에 대한 사죄의 뜻으로 준 것인 듯했다.

조금 전까지만 해도 돈으로 환산할 수 없는 가치를 지

닌 그림을 세 점이나 선물해 준 덴마크 왕실에게 미안하고 고마운 감정이 많았는데, 그럴 필요는 없어 보였다.

아무튼 어떤 문제가 있었든 실비아 디온이 알아서 잘 처리했을 테니 차준후는 더 이상 이 문제에 대해선 생각하지 않기도 했다.

대표인 그가 고민해야 할 건 과거도 현재도 아닌 미래였다.

스카이 포레스트는 고작 1년 만에 엄청난 성장을 이루어 내며 벌써 세계에 이름을 널리 알리게 되었지만, 한편으로는 앞만 보고 달려가는 데 급급한 탓에 미처 외적인 부분을 그동안 신경 쓰지 못하고 있었다.

'눈 감으면 코 베어 가는 세상이다.'

나라의 정책이 하나 새롭게 나오거나 바뀌는 것만으로도 회사는 휘청이기도 한다.

그래서 수많은 대기업이 사업에만 매진하지 않고, 정치인들과도 적절히 관계를 이어 나가는 것이었다.

'앞으로 나도 그런 부분을 계속 외면하고 있을 수는 없겠지.'

그동안 차준후는 회사를 성장시키는 데 주력하며, 정치와 가능한 얽히고 싶지 않아 멀리해 왔다. 그런 문제들은 토니 크로스와 문상진 등 믿을 수 있는 임원들에게 모두 떠넘겼다.

그렇지만 이제는 차준후가 직접 움직일 때였다.

정치적 불법 청탁을 해야 한다든지 정경유착의 필요성을 말하는 건 아니다.

국가가 성장하는 데 있어서 경제 발전은 당연히 빼놓을 수 없으니, 결국 정치인들과 기업인들 사이에는 공통된 목표가 있다 해도 과언이 아니었다.

문제가 되지 않는 선에서 서로 도울 수 있는 게 있다면 돕는 것이 당연히 좋은 일이었다.

적은 만들지 않을수록 좋고, 더 나아가 아군으로 만들 수 있을수록 더 좋은 게 당연했다.

이번에 각국의 고위 관료들을 만나며 좋은 분위기가 형성되었지만, 이것을 단기적으로 끝내면 안 됐다. 이후로도 그들이 계속 스카이 포레스트의 호의를 보일 수 있도록 만들어야 했다.

'그러기 위해선 결국 지금보다 더 회사가 성장해야 하고.'

외적인 부분에 신경을 써야 한다지만, 그렇다고 또 그쪽에만 신경을 쓰다가는 주객전도가 될 수도 있었다.

'이번에 확실히 느꼈어. 하고 싶은 일만 해서는 회사를 지킬 수 없어.'

LNG 특허 기술을 발표하며 각국이 스카이 포레스트를 대하는 분위기는 확연히 달라졌다. 화장품에 주력하던 때와는 차이가 명확했다.

그동안은 그는 자신이 잘 아는 분야에 집중하는 동시에, 역사에 가능한 변화를 주지 않기 위해 화장품 사업 외에는 가능한 소극적으로 접근해 왔다.

물론 다른 이들이 보기에는 결코 작은 사업들이 아니겠지만, 수많은 미래 지식을 지니고 있는 차준후에게 있어서는 극히 일부를 꺼내 든 것에 불과했다.

'이제 조금 더 적극적으로 다른 분야로도 사업을 확장해 나가야겠어.'

차준후는 신규 사업을 더욱 적극적으로 구상하기로 마음먹었다.

전 세계를 뒤흔들 초재벌의 싹이 비행기 안에서 조용하게 싹터 나갔다. 그리고 그 싹을 더욱 성장시키기 위한 노력이 필요했다.

차준후가 작은 스케치북과 연필을 꺼내 들었다.

테이블 위에 스케치북을 올려놓고 그림을 그리기 시작했다. 미국에 가서 만들 운동기구들이었다.

머릿속에 운동기구들의 모습이 선명했고, 차준후의 손은 거침없이 스케치북 위를 움직였다.

그러나 정작 완성된 그림은 차준후의 머릿속에 있는 것과는 무척이나 상이했다. 그조차도 모르고 봤다면 이게 무엇인지 알 수 없었을 정도였다.

'음. 이건 너무 엉망인데…….'

차준후가 쓴웃음을 지었다.

몇 차례 다시 스케치를 해 보았으나, 엉망인 부분이 달라지지 않았다. 그림 수정은 정말 고난의 연속이었다.

어떻게든 신판정에게 보여 줄 만한 수준으로 만들어 내려고 했으나 그림은 무척 조악했다. 운동기구 형태와 움직이는 원리 등 중요한 부분은 나왔지만 그 외에는 알아보기 힘든 그림이었다.

그림 재능이 없는 걸 넘어서 지하 깊숙한 곳까지 뚫고 들어간 차준후였다.

차준후는 그림을 그릴 때마다 생각나는 인재가 있었다.

'영식이가 옆에 있었으면 좋았을 텐데.'

그동안은 전영식에게 그림을 맡기곤 했다. 조악한 그림만으로도 말로 잘 설명해 주면 전영식은 아주 멋진 그림으로 재탄생시켜 주었다.

하지만 지금 전영식은 한국에 있었다. 그림 좀 다시 그려 달라고 미국까지 부를 수는 없는 노릇이었다.

'그냥 이대로 보여 드려야 하나?'

차준후가 난색을 표했다.

설명만 듣고 머릿속으로 상상하는 것과 구체화된 그림을 직접 두 눈으로 보고 이해하는 것에는 차이가 있을 수밖에 없었다.

이대로 보여 줄 수는 있으나, 이것만 보고 신판정이 제대로 이해할 수 있을지 우려됐다.

그만큼 이번 운동기구 그림은 엉망이었다.

차준후가 정통한 화장품 분야의 용기와 제작 기계 등은 지금보다 약간 나은 부분이 있었다. 임준후가 걸어온 인생역정들이 녹아들어 있는 그림과 그렇지 않은 운동기구 그림에는 큰 차이가 존재했다.

"대표님, 무슨 문제라도 있나요?"

옆좌석에 있던 실비아 디온이 끙끙거리고 있는 차준후에게 슬쩍 말을 걸었다.

"아이디어 스케치를 그려 봤는데 마음에 들지 않아서요."

"어떤 점이 아쉬우신 건가요?"

"아이디어는 머릿속에 선명한데, 그림이 너무 엉망이다 보니 그림으로 잘 표현되지가 않네요."

"제가 잠시 살펴볼게요."

"아, 네. 여기요."

스스로 봐도 엉망인 그림을 보여 주고 있다는 생각에 차준후는 얼굴이 화끈거렸다. 그렇지만 그림을 살펴보는 실비아 디온의 태도는 무척이나 진지했다.

"어깨 근육을 집중적으로 운동할 수 있는 기구군요. 정말 효율적이겠어요."

"제대로 알아봤네요. 숄더 프레스라는 운동기구입니다."

"흐음. 대략 이해는 가는데………. 혹시 제가 다시 그려 봐도 될까요?"

"실비아가요?"

"어렸을 때 그림도 배웠거든요."

그림뿐만이 아니었다. 다양한 악기와 운동, 학문 등 배우지 않은 것을 찾는 게 더 어려울 정도였다.

"그럼 부탁 좀 할게요."

"네."

실비아 디온이 환하게 웃으며 연필을 손에 쥐었다.

스케치북을 한 장 넘긴 그녀가 새로이 아이디어 스케치를 해 나가기 시작했다. 실비아의 가녀린 손이 움직일 때마다 종이 위에 아름다운 곡선과 직선이 피어났다.

"대표님, 이 부분은요?"

"그거는 무게를 조절할 수 있는 도구예요."

"알겠어요."

실비아 디온은 이해가 가지 않는 부분이 있을 때마다 한 번씩 질문을 던졌고, 그때마다 차준후는 최대한 상세히 설명해 주려 노력했다.

그리고 잠시 후, 드디어 숄더 프레스 그림이 완성됐다.

"와, 어렸을 때 배웠다더니 정말 잘 그리네요."

차준후는 실비아 디온의 새로운 재능을 발견했다.

못하는 게 대체 뭐니?

그림까지 잘 그리네.

21세기 헬스장에서나 볼 수 있는 숄더 프레스가 스케치북에서 온전히 재현됐다. 차준후가 기억하고 있는 숄더 프레스의 모습과 정확히 일치했다.

"핵심적인 부분은 다 그려져 있기도 했고, 대표님이 상세히 잘 설명해 주셔서 가능했던 거죠."

"화가를 해도 될 실력이네요."

"그건 아니에요. 정교하게 그려 낼 수는 있는데, 창작에 대한 재능은 없으니까요."

그녀는 정교한 그림 솜씨를 지니고 있었다.

그렇지만 그런 부분은 사진으로 대체하면 되는 일이었다. 예술적으로 성공하기 위해서는 창작 재능이 중요했다.

그리고 무엇보다 실비아 디온은 그림에 대한 흥미를 가지고 있지 않았다.

"그런데 운동기구 사업을 하실 생각이신 건가요?"

"네. 숄더 프레스 말고도 몇 가지 더 새로운 운동기구들을 만들어, 이걸 이용해서 화장품 시장 점유율을 늘려 볼 생각이에요."

"남성 고객들을 확보하기 위함인 건가요?"

"맞아요. 혁신적인 운동기구를 개발해 운동을 좋아하는 남성들이라면 찾아오지 않을 수 없는 헬스장을 만들 생각이에요. 그리고 그들에게 스카이 포레스트의 화장품을 쓸 수 있도록 환경을 제공해 주고요."

차준후의 의도를 이해한 실비아 디온은 고개를 끄덕였다.

그러나 무엇을 하려는 것인지 이해했을 뿐, 그게 맞는 방향성인지는 의문이 들었다.

화장품을 팔기 위해 헬스장을 만들겠다?

배보다 배꼽이 커 보이는 일이었다.

운동기구를 개발하고, 헬스장을 차리고, 사람을 고용하고.

이 모든 것에 적지 않은 비용을 들어갈 터였다. 흑자는커녕 투자비를 다 회수하는 게 가능할지 우려되는 사업이었다. 무척이나 무모해 보였다.

하지만 실비아 디온은 이내 고개를 가로저었다.

차준후가 하는 일이다. 당연히 어설픈 생각으로 계획을 세웠을 리는 없었다.

그녀는 누구보다 차준후를 믿었다.

'그리고 확실히 엄청난 운동기구야. 화장품과 별개로 헬스장 사업 자체만으로도 크게 성공할 수 있을지도 몰라.'

숄더 프레스는 이 시대의 운동기구들과는 완전히 궤를

달리하는 혁신적인 운동기구였다.

실비아 디온은 운동에 진심이었다. 숄더 프레스로 운동을 하면 어떨지 너무나도 기대가 됐다.

남녀노소 운동을 좋아하는 이들이라면 분명 모두 똑같은 생각을 하게 될 터였다.

"이번 일에 대한 보수는 별도로 책정해 드릴게요."

"보수 대신에 운동기구로 받을 수 있을까요?"

"물론이죠. 생산에 들어가면 가장 먼저 실비아가 받을 수 있도록 해 드릴게요."

차준후가 기꺼이 받아들였다.

"그리고 다른 운동기구들의 스케치도 부탁해도 될까요?"

"물론이죠. 대표님이 초안을 그려 주시면 제가 똑같이 손을 볼게요."

실비아 디온이 고개를 끄덕였다. 부탁하지 않으면 무척이나 서운해했을 듯한 모습이었다.

"유능한 비서실장이 있으니까 좋네요."

"저도 든든한 대표님이 있어서 좋아요."

비행기 안에서 새로운 운동기구들의 아이디어 스케치가 하나둘 차례차례 완성됐다.

훌륭한 그림 솜씨에, 실비아 디온의 전문성 운동 지식까지 더해지자 아이디어 스케치가 아닌 설계도에 가까워져 갔다.

예상치 못한 최적의 인재였다.

* * *

차준후가 미국 법인 사장실에 도착하자 토니 크로스가 무척이나 반겼다.

스카이 포레스트 미국 법인은 새로운 장소에 자리를 잡았다. 기존에 세 들었던 건물은 커진 법인의 규모와 직원들을 감당할 수 없었기 때문이었다.

이번에는 아예 산타모니카에 새롭게 지어진 7층 건물을 사들였다. 앞으로 커질 규모를 생각해서 일찌감치 건물 전체를 스카이 포레스트 미국 법인이 이용하기로 하였다.

"잘 지내셨어요? 사진으로 본 것과 달리 회사 건물이 많이 크네요."

"정말 반갑습니다, 대표님. 새 건물에 입주할 때 모시려고 했는데 오시지 않는다고 해서 많이 서운했습니다."

"한국에서 많이 바빴습니다. 조금 봐주세요."

"대표님이 바쁘다는 건 잘 알지요. 작년 12월에 마지막으로 보고 이게 대체 얼마 만인가요? 얼굴 한 번 보기 너무 힘듭니다. 하마터면 얼굴을 잊어버릴 뻔했다니까요."

"힘들어 죽겠다고 하더니 얼굴이 아주 좋아 보입니다."

"정치인들 만나고, 거래처들 만나랴, 납품업체들 쫓아다니느라 정말 힘들었습니다. 사표 쓰고 싶었던 적이 한두 번이 아닙니다."

"사표요?"

차준후가 화들짝 놀랐다.

직장인들은 누구나 마음속에 사직서를 품고 있다고 하더니…….

자신이 너무 토니 크로스에게 무관심하지 않았나 반성하게 됐다.

"말이 그렇다는 거죠. 정년퇴직을 할 때까지 계속 다닐 겁니다."

앓는 소리를 내뱉는 것과 달리 사표를 쓸 생각이 눈곱만치도 없는 토니 크로스였다. 윤기가 자르르 흐르는 얼굴에서 알려 주다시피 그는 하루하루를 아주 편안하게 지내고 있었다.

미국 법인에서도 한국 본사와 차별 없는 복지 제도가 시행되고 있었기 때문이다. 직원들의 복지에는 절대 돈을 아끼지 말라는 차준후의 이념 덕분이었다.

건물 한 층에는 직원들을 위한 헬스장, 카페 등 휴게 공간으로 가득 채워져 있었다.

일할 맛이 나는 기업!

스카이 포레스트 미국 법인의 직원들은 회사의 복지에 크게 만족했다. 미국, 아니 세계 전체를 뒤져 봐도 스카이 포레스트처럼 직원들을 잘 챙겨 주는 회사는 찾기 어려웠다.

그리고 특히 능력을 기준으로 중용하는 스카이 포레스트에서는 임원들에겐 특별한 복지가 별도로 제공되었다.

그 환상적인 복지혜택을 제대로 누리고 있는 인물 가운데 한 명이 바로 토니 크로스였다.

토니 크로스에겐 전담 마사지사가 제공되어, 평소 피로가 쌓일 때면 마사지를 통해 피로를 풀어 가벼운 어깨로 업무에 임할 수 있었다.

"대표님 덕분에 편안하게 일하고 있습니다."

토니 크로스는 자신은 굵직굵직한 업무들만 처리하고, 부하 직원들에게 맡길 수 있는 업무들은 최대한 분배하여 업무량을 최소화하고 있었다.

물론 그렇다고 직원들에게 업무량이 지나치게 할당되는 건 아니었다.

스카이 포레스트는 항상 직원을 넉넉하게 채용했다. 직원들이 몸을 혹사하지 않고 최대한 여유롭게 일할 수 있도록 하기 위함이었다.

그러나 대다수의 직원들은 여유가 생겨도 쉬지 않고 움직였다. 하나라도 일을 더 찾아서 하려고 노력했다.

업무 성과에 따른 성과급이 엄청났기 때문이었다.

직원들이 알아서 성과를 내기 위해 노력해 준 덕분에 스카이 포레스트의 매출은 나날이 높아져 갔다.

스카이 포레스트에 입사한 직원들은 성과급을 비롯한 다양한 복지들 덕분에 일반 사원부터 임원들까지 누구 하나 그만둘 생각을 가지고 있지 않았다.

"큐빅은 한국으로 보냈습니까?"

"네. 오늘 오전에 모두 출발했습니다. 내일 새벽경에는 도착할 겁니다."

큐빅의 제조 방법을 전달받은 스카이 포레스트 미국 법인에서는 곧바로 관련 장비를 주문했고, 일주일 전에야 큐빅 제작에 들어가게 되었다.

그리고 오늘 오전에서야 완성된 큐빅들을 항공 운송을 통해 한국의 스카이 포레스트 제2공장으로 전달했다.

큐빅 장신구 제작은 당분간 스카이 포레스트 제2공장에서 전담할 계획이었다.

"수고하셨습니다."

"정말 다이아몬드 못지않게 아름답더군요."

토니 크로스는 큐빅이 만들어지던 순간을 잊지 못하고 있었다.

다이아몬드!

아마 아무런 설명도 듣지 못한 채 큐빅을 봤다면 그냥

다이아몬드라고 생각했을 거였다.

일반인의 눈으로는 구분할 수 없을 만큼 다이아몬드 못지않게 영롱하게 반짝거리는 큐빅의 모습은 정말 충격적이었다.

"큐빅 장신구는 분명 엄청나게 팔릴 겁니다!"

"디자이너들을 여럿 고용해 두었고, 젊은 사람들도 부담 없이 구매할 수 있는 은 소재부터 돈 있는 사람들이 구매할 금 소재 장신구까지 다양한 제품들을 생산할 예정입니다. 미국 소비자들의 반응에 따라 디자인과 소재를 맞춰 갈 생각이니, 이 부분은 상무님이 잘 살펴봐 주세요."

제2공장에서 만들어지는 큐빅 제품들은 다시 미국으로 수출이 될 예정이었다. 기존에 세상에 없던 획기적인 큐빅 상품들이 소비자들에게 모습을 드러낼 순간이 머지않았다.

"맡겨 주십시오. 자신 있습니다."

토니 크로스는 새로이 시작하게 될 장신구 사업에 무척 열의를 보이고 있었다.

다이아몬드와 크게 차이가 없을 만큼 아름다운데, 가격은 그보다 비교할 수 없을 만큼 저렴한 큐빅 장신구!

그는 이 사업에서 아주 많은 돈 냄새를 맡았다.

미국 시장에서 막대한 돈을 쓸어 담을 수 있으리라 확신했다.

하지만 여기에만 전념할 수는 없는 상황이었다. 돈 냄새가 진하게 나는 신사업은 큐빅 사업만이 아니었다.

"이번에 저희가 새롭게 시작하기로 한 란제리 사업 때문에 패션 업계 사람들이 전부 눈에 불을 켜고 있습니다."

미국 법인의 계열사인 SF 패션은 미니스커트로 엄청난 매출을 벌어들였지만, 이후 신제품 출시는 번번이 실패하고 있었다.

SF 패션의 디자이너들은 미니스커트처럼 대유행을 만들 수 있는 획기적인 옷을 만들어 내려 했지만 쉽지 않았다.

미니스커트 이후 제품들은 변변찮은 성적을 내며 미국 시장에서 SF 패션의 점유율은 점차 떨어지고 있었다.

그에 차준후는 SF 패션에 한 가지 아이디어를 제공했다.

바로 고급스러우면서도 섹시한 속옷을 만들어 보라고 지시한 것이었다.

기존의 평범한 속옷이 아닌 차별화된 디자인의 속옷!

이 당시에는 편리한 속옷을 추구하게 되며, 디자인보다는 기능을 추구하고 있었다. 어느 속옷이든 디자인은 거기서 거기였고, 사실상 구별하는 의미가 없다시피 했다.

하지만 차준후는 1960년대에 이르러서는 점차 여성들이 단순히 기능성만 따지지 않고 아름다운 속옷을 원하게 된다는 것을 역사 지식을 통해 알고 있었다.

그래서 다른 회사들의 제품들과 확연히 구별되는, 단순히 선정적이기만 하지 않고 고급스러움까지 갖춘 디자인을 만들어 보라고 한 것이었다.

"좋은 디자인들은 많이 나왔습니까?"

"매일 새로운 디자인들이 쏟아져 들어오고 있습니다. 너무 야해서 디자인을 확인할 때마다 민망한 건 어쩔 수가 없더군요."

토니 크로스는 그저 그림으로 된 디자인을 본 것만으로도 부끄러워하는 성격이었다.

"좋은 디자인이 많다는 거군요."

"제 아내에게 선물하고 싶을 정도로 멋진 디자인들이었습니다. 대체 언제부터 란제리 사업에 관심을 가지신 겁니까?"

"시크릿 패션쇼를 할 때부터 생각했습니다."

속옷은 누구나 입는 제품이지만, 또 겉으로 드러내는 제품도 아니기에 판매도 구매도 은밀하게 이루어지는 경향이 있었다.

실제로 차준후는 LA 산타모니카와 프랑스 파리의 거리를 걸으며 속옷 상점을 단 하나도 보지 못했다.

하지만 이러한 시대는 곧 끝날 것임을 그는 알고 있었다. 그래서 스카이 포레스트 시크릿을 개최할 때부터 이미 란제리 사업을 구상했고, 이제 그 준비가 끝나 가는 중이었다.

"그때부터 계획하셨단 말입니까? 하긴…… 시크릿 패션쇼의 화려함은 일반적이지 않았죠."

토니 크로스가 감탄했다.

차준후의 행보는 하나만 봤을 때도 놀라운데, 그것들이 연계되어 커다란 하나가 되었을 때 더욱 놀라운 결과를 만들어 냈다.

"그 란제리들을 입은 모델들이 런웨이를 하면 그 홍보 효과가 엄청날 겁니다."

"란제리 패션쇼를 열 생각이십니까?"

"언젠가는요. 반대가 만만치 않을 테니까요."

"다시 한번 미국이 시끄러워지겠네요."

차준후는 지난번 미국 방문 때 미국을 아주 시끄럽게 만들었다. SF—NO.1 밀크가 미국에 엄청난 반향을 불러일으켰다.

이번 란제리 사업도 그에 못지않은 반향이 예상됐다.

"미니스커트만 해도 엄청난 이슈였는데, 란제리라면 그때 난리를 쳤던 사람들이 다시 한번 입에 거품을 물고 달려들 겁니다."

한국에서 란제리 패션쇼를 펼쳤다간 차준후라 할지라도 썩은 달걀을 맞게 될지도 몰랐다.

미국은 그보다 사정이 조금 낫지만, 그렇다 해도 분명 비난하는 이들이 나올 것이 분명했다. 1961년의 미국 사람들은 생각보다 보수적이었다.

"원래 시대를 앞서 나가면 말이 나오는 법입니다. 그게 무서워 멈춰 선다면 결코 세상을 선도할 수 없습니다. SF 란제리의 화려하고 고급스러운 속옷들은 여성들의 마음을 저격할 겁니다. 언젠가는 세상에 등장했을 물건이죠. 그걸 제가 조금 일찍 세상에 등장시키는 것뿐이에요."

"물론 그건 저도 이해하고 있습니다. 다만 이번 사업은 너무 파격적이라 걱정이 안 될 수가 없네요."

지금도 미니스커트를 만든 회사라고 스카이 포레스트를 욕하는 소비자들이 적지 않았다. 고정관념을 지닌 이들에게 스카이 포레스트는 눈엣가시와도 같았다.

특히 미니스커트를 입고 다니는 딸을 둔 아빠들이 스카이 포레스트를 싫어했다.

그런 비판적인 여론을 잠재우느라 무척이나 바쁘게 움직였던 토니 크로스는 벌써부터 똑같은 일이 벌어질까 봐 머리가 아팠다.

"아직 일어나지도 않은 일 가지고 머리 아프게 생각하지 마세요."

"대표님도 까칠한 성격 좀 죽이세요. 아셨죠? 이번에는 무슨 일을 저지르시기 전에 저에게 꼭 사전에 이야기해 주셔야만 합니다."

토니 크로스가 재차 당부했다. 그만큼 어디로 튈지 모르는 차준후의 행동을 조심하는 것이었다.

"그래서 지금 패션쇼에 대해서 미리 말씀을 드리는 거 잖습니까. 아무튼 패션쇼를 열기 위해서는 이런저런 준비가 필요할 테니, 우선 PPL을 해 볼까 생각하고 있습니다."

"PPL이요? 그게 뭡니까?"

"Product Placement, 간접 광고를 말씀드린 겁니다. 영화나 드라마 등에 제품을 등장시켜 소비자들에게 간접적으로 홍보하는 거죠."

"아아, 이해했습니다."

옛날에도 간접 광고 없던 건 아니었다. 간접 광고는 무척 옛날부터 시도가 있었다.

그러나 아직 보편화되지는 않은 마케팅이었고, 이것이 활발히 이루어지게 되는 건 1980년대에 이르러서였다.

"일반 광고는 소비자들이 직접 보지 않고 외면하는 경우가 많습니다. 그러나 드라마나 영화에 소품으로 들어가면 자연스럽게 소비자들에게 접근할 수 있지요."

"그리고 영화나 드라마가 크게 성공할수록 많은 이들에게 제품을 노출할 수 있겠군요."

"맞습니다. 작품의 흥행에 따라 제품의 홍보 효과도 크게 달라지죠."

"작품의 흥망을 미리 알 수 없으니 쉽지 않겠군요."

작품이 크게 흥행한다면, 직접 광고보다도 오히려 더 큰 홍보 효과를 불러일으키는 것도 가능했다.

하지만 만약 작품이 흥행에 실패하여 아무도 보지 않는다면? PPL로 들어간 제품의 노출도 적어지는 건 당연한 일이었다.

"일단 라운 감독의 작품에서 PPL을 진행해 볼 생각입니다."

30초짜리 밀크 광고를 기반으로 제작되던 가칭 샤인이 방송을 앞두고 제목이 댄싱 스타로 확정됐다.

그동안 라운 감독은 원작자인 차준후에게 대본을 검수받고 있었는데, 차준후는 그때마다 작품성을 해치지 않는 선에서 화장품, 패션과 얽힌 내용을 은근하게 집어넣고 있었다.

(내가 제일 잘나가는 재벌이다 13권에서 계속)